Die Ecken meines Herzens

Roman

Über das Buch

Eben noch ein gefeierter Künstler und willkommener Gast in den Galerien dieser Welt, zerstört ein widerwärtiger Zwischenfall Valentins Karriere. Die Medien zerreißen, seine Freunde meiden ihn, er selbst zieht sich zurück, sein Talent bleibt ungenutzt.

Valentin muss nichts mehr und tut nichts mehr.

Als seinem Vater schließlich der Geduldsfaden reißt und ihn vor die Tür setzt, ändert sich seine komfortable Situation drastisch: Haus weg, Personal weg, Geld weg.

Stattdessen soll er bei einem jungen Studenten wohnen, dem mittellosen Niklas, der sich mit mehreren Jobs mehr schlecht, als recht über Wasser hält.

Der Kühlschrank ist immer leer, als Bett dient eine Matratze am Boden und der Putz rieselt leise von er Wand.

Valentin wird plötzlich klar: Er ist am Arsch.

Aber wie soll er dieser Misere nur entkommen? Ob Niklas helfen kann?

Über die Autorin

Kaja Ohlsen, geboren 1989 in Hamburg, wuchs in Schleswig-Holstein auf, bis sie im Alter von 14 Jahren mit ihren Eltern nach Bayern zog. Dort absolvierte sie die Realschule und anschließend die Ausbildung zur Erzieherin. Seither arbeitet sie in einer Kindertagesstätte und schreibt Romane.

Die szenische Liebesgeschichte von Adrian und Felix, "Irgendwo auf der Welt" (12/2016), war ihr erster Roman. 2017 folgte der Cozy-Krimi „Die bezaubernde Miss Kitty".

Die Ecken meines Herzens

Roman

von Kaja Ohlsen

„Wir müssen uns hüten, denen, die wir lieben,
Mangel an Vertrauen vorzuwerfen,
wenn sie uns nicht jederzeit
in alle Ecken ihres Herzens
einblicken lassen."

Albert Schweitzer

Bibliografische Information der Deutschen Nationalbibliothek: Die
Deutsche Nationalbibliothek verzeichnet diese Publikation in der Deutschen Nationalbibliografie; detaillierte bibliografische Daten sind im In-
ternet über dnb.dnb.de abrufbar.

© 2018 Kaja Ohlsen
Herstellung und Verlag:
BoD – Books on Demand,
Norderstedt
Coverbild „Alone" von Pexels

ISBN 9783752802566

Prolog

„Hör auf, so laut zu denken", grummelt Alex genervt.

Neben ihm rutscht Max im Schlafanzug vom Rücken auf den Bauch. Die neue Matratze ist eine Zumutung. Er hätte sich nie dazu überreden lassen sollen, seine geliebte, alte Henriette gegen eine neue einzutauschen.

Hypoallergen, selbstreinigend, schadstofffrei.

Und dann auch noch aus Kaltschaum.

Wie soll denn bitteschön etwas wärmend, wohlig, kuschelig und weich sein, wenn schon der verflixte Name Kälte und Nässe verströmt?

Kaltschaum.

Wie Löschschaum.

Extrem entspannend.

„Leck mich", brummt Max deswegen ebenso genervt zurück und dreht sich auf die Seite. Er zieht die Knie an und kneift die Augen fest zusammen. Als Kind konnte er in dieser Position immer gut einschlafen, doch jetzt hilft es leider nicht im Geringsten.

Bescheuerte Idee. Bescheuerter Matratzenfritze mit dem bescheuerten Verkaufsgrinsen im bescheuerten Verkäufergesicht. Bescheuerte Matratze. Und bescheuerter Neuematratzegeruch. Und ein ganz klein wenig sogar bescheuerter Alex, auch, wenn er das nie laut sagen würde.

Alex schnaubt. „Wir holen ganz sicher nicht deine alte Matratze vom Sperrmüll. Hör auf, dich wie die Prinzessin auf der Erbse aufzuführen. Augen zu. Schlafen."

„Ach stimmt, das war es, was ich machen wollte: Schlafen! War mir glatt entfallen! Gut, dass du mich daran erinnert hast. Dann kann ich ja sofort damit loslegen", erwidert Max wütend und dreht sich noch einmal um. Und noch einmal. Und noch einmal.

„Es ist drei Uhr morgens, verdammt nochmal ..."

„Was du nicht sagst."

„Schlaf endlich."

„Was glaubst du eigentlich, was ich hier die ganze Zeit versuche? Schäfchen zählen, warme Milch mit viel Honig, zuerst von hundert, dann von tausend rückwärts zählen, Effi Briest lesen – hab alles schon durch." Max gähnt. Ist ja nicht so, dass er nicht auch hundemüde wäre und gerne schlafen würde. Abgesehen davon, dass er todmüde ist, schmerzen sein Rücken, sein Nacken und seine Arme und seine armen Fußsohlen brennen wie Feuer.

Warum muss Mareike auch mit ihrem ganzen Krempel von einem Hochhaus in ein anderes ziehen?

Max hat seine ältere Schwester sehr gern, aber ihre dauernden Umzüge nerven wahnsinnig. Vor allem, weil der Großteil ihres Besitzes aus einer Trillion dicker Märchenbücher besteht, die sie im Lauf der Jahrzehnte gesammelt hat.

Dafür hatte sie schon als Kind ein Faible. Was anderen Mädchen die Pferdebücher, Liebes- und Internatsgeschichten, das waren Mareike Märchenbücher aus aller Welt. Als sie vor ein paar Jahren dann auch noch die Ausbildung zur Märchenerzählerin machte, um fortan damit ihren Lebensunterhalt zu bestreiten und ihren Job bei der Bank aufgab, ein Umstand, der ihrer Mutter beinahe einen Herzinfarkt beschert hätte, wuchs ihre ohnehin bereits stattliche Sammlung plötzlich explosionsartig an. In der ganzen Wohnung gibt es keinen einzigen Quadratmeter, auf dem man nicht wenigstens ein -

Max stutzt. Könnte das die Lösung sein? Ein Grinsen bahnt sich den Weg auf seine schmalen Lippen. „Früher, wenn ich nicht einschlafen konnte, dann hat mir Mareike immer ein Märchen erzählt."

„Die ist bestimmt wahnsinnig begeistert, wenn du sie um drei Uhr morgens am Handy anrufst und sagst, Schwesterherz, erzähl mir eine Gute-Nacht-Geschichte." Alex dreht sich nun ebenfalls um. Er legt sich auf den Bauch, schiebt sich das Kopfkissen unters Gesicht und gähnt laut.

Max grinst noch immer. „Stimmt. Aber wo du doch schon wach bist und deine Stimme sich so gut zum Erzählen eignet ..." Er lauscht in die Dunkelheit, wartet. Alex ist zu müde, um lange mit ihm zu diskutieren, das weiß Max, aber ob er sich darauf wirklich einlässt? Vielleicht packt er auch einfach sein Bettzeug und verschwindet damit auf die Couch im Wohnzimmer.

Ein resigniertes Seufzen diffundiert durch das Kopfkissen. „Von mir aus. Aber dann gib dir auch Mühe beim Einschlafen." Er räuspert sich. „Also … es war einmal ein junger Schreinermeister namens Kilian, der zu viel gesoffen hatte und eine Wette gegen seinen besten Freund Christian verlor. Deswegen musste er ihn zu einer Vernissage begleiten. Dort hat Kilian einen jungen, heißen Herzog, Richard von Walden, kennen gelernt. Die beiden stiegen miteinander in die Kiste und ..."

„Stopp", unterbricht Max seine Ausführungen. „Entweder du erzählst das Märchen richtig, oder gar nicht. Die schönen Wörter gehören dazu. Sonst kann ich auch die Bild lesen." Theoretisch zumindest. Praktisch gesehen verfügt dieser Haushalt nur über Ausgaben einer einzigen Zeitung, die Alex abonniert hat, und in der wird weit mehr Text, als Bild abgedruckt.

Alex seufzt erneut. „Die beiden feierten alsbald Verlobung und wenig später Hochzeit. Richard schenkte seinem Schreiner zu diesem Anlass ein altes, abbruchreifes Haus, das sie liebevoll Zimmer für Zimmer renovierten. Schreinermeister Kilian übernahm dabei die Handwerksarbeiten und hin und wieder das

Verarzten der verletzten Finger seines Mannes, wann immer dieser doch einmal dazu helfen wollte."

„Denkst du dir das gerade aus?", unterbricht Max ihn erneut. Er kennt durch Mareike recht viele Märchen, auch solche abseits des Grimm'schen und Andersen'schen Standards, das hier ist ihm aber vollkommen unbekannt. Zuzutrauen wäre es Alex, dass er es aus dem Ärmel schüttelt.

„Macht das einen Unterschied?"

„Ich weiß nicht", entgegnet Max ehrlich und gähnt erneut. Dann schüttelt er den Kopf. „Nein. Weiter im Text."

„Doch als ihr Hochzeitstag sich schließlich zum ersten Mal jährte, schied der Tod jäh das junge Glück: Kilian verlor Richard durch einen Unfall, den er selbst nur knapp überlebte. Er erbte den Titel, das viele, viele Geld und die große Burg seines Mannes, wohin er sich zurückzog und fortan alle Menschen mied. Trauer umhüllte ihn und legte sich schwer wie Blei auf seine geschundene Seele.

Das Essen mochte ihm nicht mehr schmecken, die Tage erschienen ihm grau und trist und er wusste einfach nicht, wie er seinem mutlosen Leben wieder Sinn verleihen konnte, geschweige denn, ob er das überhaupt wollte. Zwei Jahre lang lebte Kilian in Trauer um seinen Richard in Schwarz."

„Wirst du zwei Jahre lang um mich trauern, wenn ich sterbe?", fragt Max nachdenklich und beißt sich auf die Unterlippe.

„Keine Ahnung", entgegnet Alex ungeduldig, „aber wenn du mich nochmal unterbrichst, werde ich es umgehend herausfinden."

Max zuckt die Schultern. „Schon gut."

„Nach dieser Zeit jedoch begann Kilians Herz sich immer mehr nach dem gemütlichen Haus in der Stadt zu sehnen, nach Gesprächen mit Freunden, nach Arbeit und Aufgaben, nach einem Leben und nach Liebe. So groß sein Sehnen aber auch war, getraute er sich nicht, seinem Wunsch nachzugeben. Stattdessen durchwanderte Kilian weiter die Burg, ohne Sinn, ohne Ziel, wieder und wieder, bis sich ihm eines Tages seine Köchin in den Weg stellte.

„Du wirst noch ein Loch in den Boden laufen und in den Keller fallen", stellte Rosalia fest und überreichte ihm die Tageszeitung. Sie deutete auf eine kurze, in eine schmale Spalte gepresste Mitteilung, die mit rotem Filzstift umkreist worden war. „Hier, lies. Es ist Zeit, dass sich etwas ändert." Geschickt goss sie Tee in die Tassen und setzte sich auf das Sofa. Etikette hatten bei den jungen Herrn von Walden früher schon keine Rolle gespielt und so war Rosalia war es gewohnt, kein Blatt vor den Mund nehmen zu müssen.

„Junger Künstler sucht Wohngemeinschaft. Viel Platz für Werkbank, Werkzeug, Leinwände und Staffeleien notwendig. Nächtliches Steine hauen, Hobeln, Sägen und Hämmern möglich bis sehr wahrscheinlich. Interessenten erhalten Termine unter folgender Nummer", las Kilian laut vor und runzelte die Stirn. Er wandte sich der Köchin zu und sagte: „Sie wollen, dass ich mir einen Mitbewohner suche?"

„Nicht einen", erwiderte Rosalia und lächelte. „Genau diesen."

Und so kam es, dass er noch zur selben Stunde unter angegebener Nummer anrief und einen Termin vereinbarte.

1

Das Haus war um ein Vielfaches größer, als jedes andere, das Kilian bisher gesehen hatte. Nun - abgesehen von Richards Burg, die er allerdings nicht unbedingt als Haus bezeichnet hätte. Bei dem Gedanken an Richard zog sich ihm der Brustkorb zusammen.

Was machte er denn hier?

Er konnte sich doch nicht einfach einen neuen Mitbewohner zulegen, wie man sich ein neues Haustier kaufte, wenn das andere verstorben war. Den Goldfisch in der Toilette runter spülen und dann auf zur nächst gelegenen Zoohandlung, während man überlegte, ob es wieder ein Goldfisch wird oder dieses Mal vielleicht ein Hamster oder doch lieber ein Wellensittich.

Er wollte mit niemand anderem zusammen leben, als mit seinem Mann. Wollte mit Richard im Bett aufwachen und ihm noch ein paar Minuten beim leisen Schnarchen zuhören, bevor er ihn auf die kitzelige Stelle im Nacken küsste, um ihn zu wecken. Wollte mit Richard am Frühstückstisch sitzen, sein Mann noch in Shorts und verwaschenem Bademantel, er selbst in Arbeitskleidung, Kaffee trinken und über Fußball reden. Wollte abends nach Hause kommen, zu Richard, zu beim Lieferservice bestelltem Essen, weil Rosalia spät abends nichts mehr kochte, zu ihrem riesigen, gemütlichen Sofa und dem großen Fernseher mit den über fünfhundert Sendern und der hunderte DVDs umfassenden Filmsammlung, weil sie sich im Fernsehen entweder nichts fanden oder nicht einig wurden.

Vielleicht sollte er einfach umkehren.

Ins Taxi einsteigen und sich zur Burg zurückfahren lassen.

Das hier war doch verrückt, sich bei jemanden vorstellen, der eine Wohnung sucht. Das lief normalerweise andersherum. Sicher war der Kerl vollkommen durchgeknallt und sowieso nicht dazu geeignet, bei Kilian einzuziehen. Und selbst, wenn dieser Künstler ein netter, schüchterner, umgänglicher Mensch war - Kilian war noch nicht dazu bereit, einen Schritt in eine andere, eine neue Richtung zu wagen. Es war ja auch noch viel zu früh, um … er wollte noch ein wenig warten, bis es … bis sich … nun, bis er …

Ja, bis was denn?

Kilian schluckte nervös.

Bis Richard lange genug tot war?

Aber würde es jemals lange genug her sein?

Für Kilian sicherlich nie und für Richards Eltern auch nicht. Was würden die bloß über ihn denken, wenn Kilian einfach los zog und sich irgendeinen wildfremden Mann als Mitbewohner ins Haus holte?

Wobei … Charlotte hatte ihn schon vor vor einem halben Jahr gefragt, ob er nicht doch wieder einmal zu einer Feier kommen mochte. Es war der runde - der 70.? - Geburtstag ihres Onkels gewesen. Oder ihrer Tante? Familie jedenfalls. Und davor hatte sie ihn zur Oper eingeladen. Und davor …

Kilian seufzte. Richards Mutter wäre vermutlich die Letzte, die es ihm nachtragen würde. Sie war eher um ihn besorgt. Und Richards Vater? Nachdem er über ein Jahr lang keine Veranstaltungen, ja, nicht einmal seinen Stammtisch besucht hatte, war dann wieder, langsam, zäh, eine Aktivität der anderen gefolgt. Zuerst der Stammtisch, dann Benefizveranstaltungen, dann der ganze Rest.

Unschlüssig lehnte sich Kilian gegen den dicken, rauen Stamm einer großen Eiche, die direkt vor dem Haus stand und verdammt alt sein musste.

Um Richards Burg herum wuchsen ebenfalls viele Eichen, ein paar davon sogar im Innenhof, aber die empfand Kilian als recht deprimierend und erdrückend.

Die Burg hatte er allerdings noch nie gemocht.

Sie war einfach zu groß, immer kalt und und durch die kleinen Fenster kam viel zu wenig Licht in die Räume. Er sehnte sich nach seinem Haus in der Stadt, nach Nachbarn, nach Straßenlärm und nach der Bäckerei ein paar Häuser weiter. Zur Tür raus gehen und andere Menschen sehen.

Dazu brauchte er allerdings keinen Mitbewohner.

Er konnte einfach seine Taschen packen, Rosalia und Leonhard Bescheid geben und mit einem Taxi zum Haus fahren. Niemand hielt ihn davon ab. Nur - dort erinnerte ihn alles an Richard. Wenn er alleine im Haus einzog, nur mit Rosalia und Leonhard, er würde es wohl nicht allzu lange aushalten.

Kilian seufzte und stieß sich vom Baumstamm ab. Ansehen konnte er sich den Kerl ja wenigstens, alles andere würde sich dann schon ergeben. Also marschierte er zur kunstvoll verzierten Holztür, bei der schon von weitem zu erkennen war, dass es sich um ein altes, wertvolles Stück Handwerkskunst handelte.

Bei jedem Schritt knirschte der Kies unter seinen Schuhen. Obwohl er ein neues Paar Jeans und ein maßgeschneidertes, handgefertigtes Hemd samt Jackett trug, kam er sich beim Anblick des hier zur Schau gestellten Reichtums schäbig und klein vor.

Kilian hatte nie viel Geld gehabt, genauso wenig wie seine Eltern. Sein Kinderzimmer hatte er sich mit zwei seiner Geschwister teilen müssen, bis seine Eltern genug gespart hatten, um den ziemlich niedrigen Dachboden zu zwei kleinen Zimmern auszubauen, damit ein jeder von den Geschwistern sein eigenes Reich haben konnte. Da war Kilian allerdings schon zwölf Jahre gewesen.

Obwohl sein Konto nun weit mehr Geld aufwies, als er je ausgeben konnte, zählte Kilian sich gedanklich und mit dem Herzen zur arbeitenden Mittelschicht. Richards Ersparnisse und Aktien hatte er nicht angerührt, ebenso wenig die Auszahlung der Lebensversicherung und das Schmerzensgeld, welches das Gericht ihm zugesprochen hatte. Er wusste nicht, was er damit anfangen sollte, bei jedem verwendeten Cent hätte er sich schuldig gefühlt.

Kilian zögerte einen Augenblick lang, bevor er die Klingel betätigte. Immerhin befand sich an der Tür keiner dieser Löwenkopfschlagringe, mit denen die schwarz gekleidete Dienerschaft zum Türöffnen herbei gerufen wurde. Irgendwie fand Kilian die Dinger gruslig, vielleicht, weil er schon zu viele Horrorfilme mit Häusern mit ebensolchen Klingeln gesehen hatte.

Trotzdem stand ein Butler im Eingang, als die Tür sich öffnete. Dieser musterte Kilian knapp mit respektvollem, professionellem Blick, deutete eine Verbeugung an und sagte ruhig: „Herr von Walden, herzlich Willkommen. Bitte treten Sie ein."

Gerade, als Kilian der überaus höflich vorgetragenen Aufforderung nachkommen wollte, stürmte eine junge Frau an ihm vorbei und rannte ihn dabei beinahe um. Kilian konnte kaum etwas erkennen, aber ihre geröteten Augen und die wüsten Flüche aus ihrem Mund waren eindeutig: sie musste eine der Interessenten gewesen sein und war wohl mit dem Ausgang des Treffens alles andere als zufrieden.

„Ich bitte vielmals um Verzeihung, Herr von Walden. Ist Ihnen etwas passiert?", fragte der Butler besorgt nach.

Kilian schüttelte langsam den Kopf und sah der davon brausenden Frau irritiert hinterher. „Nein", sagte er ein wenig zu leise, räusperte sich und fügte hinzu: „Nein, vielen Dank, alles in Ordnung." Er setzte ein freundliches Lächeln auf, wandte sich dem Butler zu und betrat dann den geräumigen Flur.

Die große Eingangshalle beherbergte einen Springbrunnen, in dessen Mitte die lebensgroße Figur einer Wasser schöpfenden Frau in antiker Kleidung stand, einen Blumenkranz im geflochtenen Haar. Vor Kilians Augen tauchte unvermittelt das Bild des kleinen Zimmerbrunnens auf, den ihm seine Schwester letztes Jahr zu Weihnachten geschenkt hatte. Die beiden abstrakten Figuren hielten sich an den Händen und schienen auf der Wasseroberfläche zu tanzen. Der Brunnen stand ungenutzt auf einem Beistelltisch in der Ecke des Zimmers nahe einer Steckdose, weil das stete Plätschern in den hohen Räumen ein lautes Echo erzeugte und zudem dazu geführt hatte, dass Kilian nachts ständig den Drang verspürte, zur Toilette zu gehen. Falls seine Schwester zu Besuch kam, konnte er ihn jederzeit einstecken.

Im Gegensatz zu seiner bescheidenen Miniaturausgabe war der Springbrunnen hier nicht aus billigem Kunststein, sondern aus Schiefer, und wog sicherlich eine halbe Tonne. Deshalb plätscherte dieser Brunnen auch nicht wie ein kleines Bächlein, sondern dröhnte laut wie ein Wasserfall und das Wasser wogte in dem riesigen Bassin bedrohlich gen Rand, schwappte jedoch nicht darüber hinweg.

Kilian folgte dem Butler am Brunnen vorbei und einen langen Korridor entlang – schlampig verlegter Schiffsparkett, dafür aber eine hervorragend gearbeitete Holzdecke, die sicherlich nicht älter als zwei Jahre war - in einen Salon mit mehreren Sitzgruppen, Sesseln und Tischen. Die Möbel waren weder sehr ausgefallen in der Optik, noch im Material, mittlere Preisklasse und definitiv keine Einzelstücke. Da hatte Kilian deutlich mehr Extravaganz erwartet, vielleicht auch das eine oder andere unpassend moderne Möbelstück, Stahl, Gold, viel Glas.

Aber nein, alles in Eiche massiv, dem Geruch nach mit sehr teurer Möbelpolitur auf Hochglanz gebracht, schlichte Formen, die Sofas mit blau-weiß gestreiften Stoffen bespannt.

Zwei Männer saßen weit zurückgelehnt auf einem dieser tiefen Zweisitzer, ein jeder ein Whiskyglas in der Hand, und unterhielten sich leise über etwas, das Kilian nicht verstehen konnte. Eine großgewachsene, langbeinige, stark geschminkte Frau Mitte Dreißig stand vor einem schmalen, Decken hohen Regal, das eine beachtliche Schallplattensammlung beherbergte.

Kilian zählte dreißig Schallplatten in einem Fach, zehn Fächer übereinander, machte an die dreihundert Schallplatten, Pi mal Daumen. Daneben befand sich sowohl eine Leiter, die ebenso hoch war wie das Regal, als auch eine kleine Kommode, auf der ein alter Plattenspieler ruhte.

„Bitte, nehmen Sie doch Platz", wandte sich der Butler an Kilian. „Kann ich Ihnen ein Getränk anbieten, Herr von Walden?"

„Nein, ich bin zufrieden, vielen Dank", erwiderte Kilian und beobachtete, wie der Butler sich nach einem knappen Nicken elegant und lautlos wie ein Ninja entfernte. Kein Wunder, dass in vielen Krimis der Mörder der Butler war – einer von diesem Kaliber hatte nicht nur Zugang zu jedem Raum des Hauses, sondern bewegte sich derart geräuscharm durch die Zimmer, dass ihn sein Opfer nicht kommen hören konnte. Er war ein Butler höchster Klasse, wie man sie bei den Royals antraf, und definitiv kein Vergleich zu Leonhard, Richards Butler, der wie Rosalia nun zu Kilians Dienerschaft gehörte.

Nichts, das Leonhard machte, wirkte auch nur ansatzweise elegant. Und leise oder lautlos waren Fremdwörter für den in die Jahre gekommenen Helden, der in seiner wilden Jugend furchtlos mit einem geklauten Rucksack die Welt bereiste.

Plötzlich stand die übermäßig geschminkte Frau neben ihm und riss ihn abrupt aus seinen Gedanken, als sie in sein Ohr flüsterte: „Verrückt, nicht?"

Sie nahm einen Schluck von ihrem Drink. „Normalerweise kommen die Leute zu mir in meine hübsche, kleine Wohnung, wenn sie auf der Suche nach einem Zimmer sind. Scheint ein ziemlich feiner Schnösel zu sein. Das lohnt sich. Bei so einem kann man für ein Zimmer verlangen, was man will. Ist aber wohl ziemlich wählerisch. Oder wie heißt das gleich noch? Schwer vermittelbar, ja, genau, das ist es. Wie eine dreibeinige, einäugige Katze, die nur das teuerste Futter frisst. So ein Vieh will auch keiner in seiner Wohnung, außer, es scheißt Goldmünzen."

Sie kicherte hinter vorgehaltener Hand und trank erneut. „In der letzten halben Stunde sind sieben Leute durch diese Tür verschwunden", sie deutete vage mit der freien Hand in die Richtung einer schweren, dunklen Holztür mit Messinggriffen. „Und kurze Zeit später sind sie dann alle wieder heraus gerannt gekommen. Keiner von denen sah glücklich aus. Ich bin mir nicht mehr ganz so sicher, ob ich wirklich rein gehen will. Hört sich an, als wäre der Filius des Hauses ein ziemliches Arschloch."

Etwas peinlich berührt überlegte Kilian, was er darauf erwidern sollte, doch zum seinem Glück schien die Dame nicht wirklich an einem Gespräch interessiert zu sein, an dem sich beide Parteien beteiligten.

„Na ja, was solls", befand sie schließlich und zuckte mit den dürren, knochigen Schultern. „Wir sollen ja nur die Wohnung mit ihm teilen und ihn nicht gleich heiraten, was? Bis, dass der Tod uns scheide. Obwohl, bei dem Erbe, da könnte man glatt in Versuchung kommen." Kichernd rempelte sie Kilian an der Schulter an und leerte ihren Drink. „Entschuldigung, ich hole mir noch einen von denen da. Sind verdammt lecker. Kann nicht schaden, was?" Damit ließ sie Kilian stehen und verschwand zur reich bestückten Bar.

Kilian musste ihr in einem Punkt zustimmen: Das hier war vollkommen verrückt. Oder zumindest reichlich ungewöhnlich.

Aber zu diesem Zeitpunkt stand ein Rückzug nicht mehr zur Debatte. Also stellte er sich in eine Ecke des Raumes und überflog die Buchtitel im Bücherregal vor ihm, eine Beschäftigung, die ihn ablenkte und zugleich weniger verloren und einsam wirken ließ. Wenn er von Richard eines gelernt hatte, dann war das sicherlich, dass ein Mann, der vor einem Bücherregal stand und mit leicht zur Seite geneigtem Kopf die Buchrücken betrachtete, vielerlei ausstrahlte: Nachdenklichkeit, Belesenheit, Neugier, Geduld, Kultiviertheit, Ruhe, Sicherheit – aber niemals die verlorene, hilflose Schüchternheit, die Kilian stets in fremder Umgebung bei formellen, offiziellen Veranstaltungen empfand.

Der Großteil der Titel sagte ihm überhaupt nichts, einige wenige Autoren glaubte er immerhin zu kennen oder sich daran zu erinnern, ihre Namen irgendwann einmal gehört zu haben. Literatur war allerdings nie seine Stärke gewesen. Er streckte seine Finger aus und strich über das Holz, unter seinen Fingerspitzen spürte er die feine Maserung. In die Front der Regalböden waren filigrane Muster eingearbeitet worden. Eine schöne, hochwertige Arbeit. Kilian hätte zu gerne gewusst, von wem es stammte,

wollte aber nicht den Butler mit solch einer eher unge-
wöhnlichen Frage stören. Also verschränkte Kilian die Hände hinter dem Rücken und wartete auf das Öffnen der Tür,
während er aus den vielen Buchtiteln so viele neue Wörter
wie möglich bildete.

Kurz darauf wurde die betreffende Tür aufgerissen und spie
einen leicht übergewichtigen, blond gelockten und schick
gekleideten Mann mit hochrotem Kopf aus, bevor sie durch
den gewaltigen Rückschwung wieder laut knallend zufiel.
Der ältere Mann stürmte in erstaunlicher Geschwindigkeit
durch das Zimmer und knallte auf dem Weg nach draußen
einige weitere Türen hinter sich zu.

Plötzlich stand die gesprächige Dame von zuvor wieder neben ihm. „Das heißt dann wohl, mir geht's jetzt an den Kragen", sagte sie zu Kilian. Sie kippte ihren Drink hinunter
und drückte ihm das leere Glas in die Hand. „Wir sehen uns
in etwa zwei Minuten. Falls ich Sie umrennen sollte, tut es
mir Leid. Aber ich bin vermutlich nicht mehr Herrin meiner Handlungen. Prost."

Lautlos öffnete sich die Tür und ein weiterer, etwas jünge-
rer Butler trat heraus. Er nickte der Frau zu und bat sie mit
einer ausladenden Geste, näher zu kommen. „Frau Reckling, bitte, treten Sie ein."

Die Tür schloss sich wieder hinter ihr und Kilian musterte
das Glas in seiner Hand. Am Rand klebte verschmierter Lip-
penstift. Wenn er doch noch die Flucht ergreifen wollte,
dann jetzt oder nie. Kilian schloss kurz die Augen, atmete
durch. Dann stellte er das Glas auf einem Tisch ab und sah
auf seine Uhr. Noch bevor er seinen Blick vom Ziffernblatt
löste, öffnete sich die Tür schon wieder.

Frau Reckling stürmte nicht durch den Raum. Sie rempelte Kilian auch nicht an oder brüllte Gemeinheiten. Sie schüttelte nur verständnislos den Kopf und goss sich einen weiteren Drink ein. Sie leerte das Glas in einem Zug und verließ dann das Zimmer erhobenen Hauptes und auf überraschend trittsicheren Beinen.

In der Zwischenzeit erhoben sich die beiden Männer vom Sofa und verschwanden durch die Tür. Sie blieben deutlich länger als die Dame, kamen aber letztlich sichtlich unzufrieden und mit vor Wut funkelnden Augen wieder heraus.

„Herr von Walden?"

Kilian seufzte. Wie albern wäre es wohl, zu einem der großen Fenster zu laufen, es aufzureißen und hinauszuspringen? Quer über den Hof laufen, die Einfahrt hinunter und dann bis zu Straße und immer weiter, bis er vollkommen außer Puste und mit schmerzenden Beinen irgendwo ins Gras fiel. Unwillkürlich musste er lächeln. Richard hätte es witzig gefunden. Er wäre sofort dabei gewesen.

Aber das würde er nicht mehr.

Nie wieder.

Keine noch so winzige Verrücktheit konnte er jemals wieder mit ihm teilen. Kilian räusperte sich und gab sich Mühe, das Lächeln aufrecht zu erhalten, das ihm bei dem Gedanken an Richards Abwesenheit von den Lippen gleiten wollte.

Zu seiner Überraschung befanden sich zwei Männer in dem Arbeitszimmer. Hinter einem großen, massiven Schreibtisch aus Eiche, mit enormen, handgeschnitzten Beinen, die verschiedene Tierköpfe zierten, saß ein schlanker, älterer Herr mit lockigem, silbrig grauem Haar und ernster Miene. Kilian hatte das Gefühl, als erfassten ihn seine dunkelblauen Augen mit nur einem Blick und fühlte sich dadurch unangenehm an einen seiner Grundschullehrer erinnert, der neben der Tafel einen alten Zollstock aufgehängt und ihnen immer wieder ausführlich davon erzählt hatte, wie unartigen Kinder früher damit der Hintern ordentlich versohlt worden war.

„Guten Tag, Herr von Walden. Ich bin Ferdinand Stein und dies hier ist mein Sohn Valentin." Er nickte in Richtung eines anderen Mannes, der mit dem Rücken zu ihnen auf einem Sofa lag und sich nicht rührte. Ein leiser Seufzer glitt über seine Lippen. Plötzlich wirkte der ältere Herr weit weniger einschüchternd, die Falten auf seiner Stirn nicht mehr streng, sondern erschöpft und abgekämpft. „Valentin. Reiß dich zusammen und setze dich gefälligst ordentlich hin!"

„Ich habe bei dieser unfassbar albernen Scharade lange genug mitgespielt, Vater", erwiderte der Mann, ohne der Aufforderung nachzukommen. Zu sehen war von ihm deshalb weiterhin nur sein dunkelbraunes, glattes Haar, das er definitiv nicht von seinem Vater geerbt hatte, und die Rückseite seiner Bekleidung, bei der es sich um schlichte Blue Jeans und ein schwarzes T-Shirt handelte.

„Herr von Walden ist ein ausgezeichneter Kandidat. Seine Wohnung liegt mitten in der Stadt in einer guten Gegend und bietet mehr als ausreichend Platz für zwei Bewohner. Er ist ein Herzog und ..."

Der Mann auf dem Sofa lachte höhnisch. „Blaues Blut? Einer dieser inzüchtigen Vollidioten, die immer noch glauben, sie seien der Nabel der Welt? Kein Interesse. Waren all die anderen Bewerber nicht Zumutung genug? Ein Herzog, das ist jenseits von Gut und Böse, Vater. Eher würde ich mir ein Zimmer mit einem bettelarmen Studenten teilen. Schick das Spatzenhirn weg."

Kilian blieb keine Zeit, über die Beleidigung nachzudenken, die ihm da gerade recht unschön gegen den Kopf geworfen worden war, denn noch bevor der Mann auf dem Sofa sein letztes Wort ausgesprochen hatte, drosch Ferdinand Stein mit solcher Gewalt mit der Faust auf den Tisch, dass die Dekoration darauf wackelte. „Valentin – es reicht! Ich habe es satt! Dich und deine Launen und deine Nutzlosigkeit! Seit dem verdammten Vorfall in der Galerie bist du zu nichts mehr zu gebrauchen! Du willst dir ein Zimmer mit einem bettelarmen Studenten teilen? Schön, so soll es sein! Ich werde eine neue Anzeige aufgeben! Dem ersten Studenten, der hier morgen früh auftaucht und dich mitnimmt, bezahle ich die Studiengebühr für ein ganzes Jahr!"

„Schön. Tu das, Vater ."

„Es ist mein Ernst, Valentin – entscheide dich! Herr von Walden und seine schöne Wohnung oder ein winziges Zimmer und ein Student, der von der Hand in den Mund lebt!"

„Ich habe mich bereits entschieden", erwiderte Valentin.

„So sei es!"

Kilian hätte am liebsten das Genick eingezogen, dermaßen laut brüllte Ferdinand Stein. Seinen Sohn schien das hingegen nicht im Geringsten zu interessieren. Einen Moment lang wartete Kilian noch, ob sich jemand wenigstens von ihm verabschiedete, dann zuckte er die Achseln und schlenderte wieder zur Tür hinaus.

2

„Ich kann ihn aber nicht durchfüttern", sagte der abgemagerte, junge Mann, der in Ferdinands Arbeitszimmer saß. In dem großen, breiten Besuchersessel wirkte er blass und verloren. Seine Finger kneteten unablässig die Wollmütze, die er beim Betreten des Raumes abgenommen hatte, ganz so, als erwarte er, jeden Moment angebrüllt und wieder vor die Tür gesetzt zu werden. Er war offensichtlich schroffere Gesprächspartner gewöhnt.

Valentin saß auf dem Sofa wenige Meter entfernt.

Nicht, weil sein Vater ihm Anweisung dazu erteilt hatte, sondern, um den Besucher zu betrachten. Valentin wusste, dass sein Vater seine im Zorn ausgesprochenen Worte des Vortags bereits bereute. Trotzdem hatte er seine Drohung wahr gemacht und über Facebook, Instagram und Twitter sein Angebot verkündet.

Allerdings blieb dies von all den abgewiesenen Kandidaten nicht unbemerkt. Sie nutzten ihr Recht auf freie Meinungsäußerung recht ausgiebig und vertrieben mit ihren bissigen und abfälligen Kommentaren über Valentin alle möglichen Interessenten; bis auf den einen, der nun vor ihnen saß. Das war Grund genug, bei Valentin zumindest auf unterschwelliges Interesse zu stoßen.

„Das ist auch nicht nötig. Er soll selber zusehen, wie er sich versorgt", erwiderte sein Vater höflich.

Der junge Mann sah von Ferdinand zu Valentin und wieder zurück auf die alte Mütze in seinen Händen. Er räusperte sich. „Sie wollen mir also wirklich die Gebühren für vier Semester bezahlen, wenn ich meine Wohnung mit ihm teile?"

Valentin sah, wie sein Vater ernst nickte.

Vermutlich wollte Ferdinand zeigen, dass er am längeren Hebel saß und auch einen längeren Atem hatte. Gut. Auf dieses Spiel wollte Valentin sich nur zu gerne einlassen. Hier war es ihm ohnehin zu langweilig, zu eng geworden. Ein klein wenig Abwechslung konnte nicht schaden, vielleicht brachte ihn das auf andere Gedanken. Und nach ein paar Tagen in der ärmlichen Wohnung würde der Chauffeur seines Vaters an seine Tür klopfen und ihn zurück nach Hause bringen. Das war so sicher wie das Amen in der Kirche. Denn - Valentin konnte seinem Vater viel vorwerfen und tat es auch äußerst gerne, aber Ferdinand hatte sich immer um ihn gekümmert.

Um sein blasses Gegenüber sorgte sich hingegen offensichtlich niemand. Er musste sich allein durchs Leben schlagen und es gelang ihm mehr schlecht als recht. Wie der junge Mann es überhaupt bis zum Studium geschafft hatte, war Valentin ein Rätsel. Dass er dann auch noch ausgerechnet Jura studierte, einer der Studiengänge mit den höchsten Gebühren und der längsten Studiendauer, war eine mehr als unkluge Entscheidung gewesen.

Vermutlich wurde der mittellose Student von dem irrsinnigen Traum angetrieben, als Anwalt einmal denen helfen zu können, die sich keinen ordentlichen juristischen Beistand leisten konnten. Anwalt der Armen. Retter der Witwen und Waisen. Was für eine Verschwendung.

Falls der Kerl es tatsächlich durchs Studium schaffte, würde er anschließend innerhalb weniger Jahre vollkommen Bankrott sein. Jemand mit seinem sozialen Hintergrund konnte sich keinen Idealismus erlauben, das war klar. Vielleicht würde Valentin ja in den nächsten Tagen ein gutes Werk vollbringen und

23

seinem zukünftigen Mitbewohner diesen Fakt begreiflich machen.

„Also – wie lautet Ihre Antwort?", hakte Ferdinand nach einigen Minuten des Schweigens nach und schob den vorgefertigten Vertrag über den Tisch. „Eine einzige Unterschrift. Mehr ist nicht notwendig."

Der junge Mann schluckte nervös und schloss die Augen. „Ich hatte ein Stipendium, wissen Sie ...", murmelte er leise und schüttelte den Kopf. Als er seine Augen wieder öffnete, sagte er etwas lauter: „Wir können es ja mal versuchen."

Seine dünnen Finger griffen nach dem Kugelschreiber, den Ferdinand ihm reichte. Er unterzeichnete in kleinen, engen Buchstaben und legte den schweren Kugelschreiber dann auf das Blatt.

„Vielen Dank, Herr Bader." Ferdinand nahm das Original des Vertrages an sich und überreichte seinem Gegenüber den Durchschlag. Er streckte ihm die Hand entgegen und verkündete: „Wenn Sie mich jetzt entschuldigen – es gibt noch andere Angelegenheiten, die meiner Aufmerksamkeit bedürfen."

Der Student verstand die diskrete Aufforderung und erhob sich ebenfalls. Er bedankte sich und nahm die Durchschrift des Vertrages in seinen Besitz.

Enthusiastisch schwang sich Valentin daraufhin auf die Füße und sagte: „Schön. Dann werde ich jetzt meine Sachen packen und ...".

Ferdinand aber unterbrach ihn ruhig, den Blick auf ein Dokument gesenkt. „Oh, das ist nicht nötig, Valentin. Deine Sachen wurden bereits gepackt. Sie warten auf dich vor der Eingangstür."

„Wie umsichtig von dir, Vater", erwiderte Valentin beherrscht und schenkte ihm ein kaltes Lächeln. „Dann heißt es wohl: Auf Wiedersehen." Valentin spazierte zur großen Tür hinaus, ohne auf eine Erwiderung zu warten. An der Garderobe schlüpfte er in seinen Mantel und setzte einen seiner geliebten Hüte auf, einen marinefarbenen Wollfilz Trilby mit dunkelbraunem, ledernem Hutband. Leider würde er sie nicht alle mitnehmen können, aber in drei, vier Tagen hatte er sie wieder zurück.

Valentin hörte die unsicheren Schritte seines neuen Mitbewohners hinter sich und öffnete die Tür. Dort stand ein einzelner, alter Lederkoffer. Valentin schnaubte. „Großzügig wie immer, mein allerliebster Herr Papa." Er drehte sich zu Bader um und sagte: „Nun denn – auf in unser neues Zuhause!" Triumphierend stieg er in das Taxi ein und bedeutete dem Fahrer, seinen Koffer einzuladen. Bader machte keinerlei Anstalten, in das Fahrzeug einzusteigen. „Was ist? Sag nicht, ich kann nicht bei dir in deinem Taxi mitfahren."

„Das ... das ist nicht mein Taxi", entgegnete Bader in einem Tonfall, als sei es die absurdeste Vorstellung aller Zeiten, dass er in einem Taxi fuhr.

„Wie bist du denn dann hierher gekommen?", fragte Valentin und folgte dem Blick des Studenten zu der Eiche, die etwa zehn Meter entfernt stand. An ihrem mächtigen Stamm lehnte ein traditionelles Fahrrad. Keines dieser hochmodernen Fahrräder, Leichtmetall und mit einer Ganganzahl, die den IQ ihrer Fahrer bei Weitem überschritt. Es war ein sehr schlichtes und altes Modell, das über keinerlei Gangschaltung zu verfügen schien.

Valentin runzelte verdutzt die Stirn. „Tatsächlich?" Er seufzte. „Was hältst du davon: du steigst ins Taxi mit ein. Ich bezahle die Fahrt und kaufe dir obendrein ein neues Rad."

Bader schüttelte langsam den Kopf und setzte seine Wollmütze wieder auf. Es begann zu nieseln. „Danke, aber ich stehe ungern bei anderen in der Schuld, wenn es nicht zwingend sein muss." Er schloss den Reißverschluss seiner Lederjacke und steckte die Hände in die Taschen.

„Wie du meinst, dann fahre ich schon einmal vor und sehe mir die Wohnung an. Wie lautet die Adresse?"

„Katharinenstraße 13."

Valentin schlug die Tür zu und lehnte sich zurück. Das Taxi fuhr langsam zuerst über den knisternden Kies und dann den geteerten Weg entlang bis zum mehrere hundert Meter entfernten Eingangstor. Er schloss die Augen und lauschte dem gleichmäßigen Rollen der Reifen. Ein paar Tage außer Haus würden seinen Vater wieder daran erinnern, dass er sich allem zum Trotz für Valentin verantwortlich fühlte. Und bis dahin – wer konnte schon sagen, was passierte? Vielleicht hielten die kommenden Tage ja das eine oder andere Abenteuer bereit.

3

Valentin hatte eine weit schlechtere Wohngegend erwartet. An der Straße entlang, zwischen Fahrbahn und breitem Fußgängerweg, hatten die Stadtgärtner allerlei Blumen gepflanzt, die in wunderschönen Rot- und Rosatönen blühten. Alle Häuser waren frisch und ordentlich gestrichen, die Vorgärten aufgeräumt, kein einziger Rasen wild und ungepflegt. Sogar die Mülltonnen waren mit hübschen Aufklebern verziert und weit und breit war kein einziger noch so kleiner Kothaufen zu sehen, der den Bürgersteig verunstaltet hätte.

Bei der Haustür, die zur Katharinenstraße 13 gehörte, handelte es sich um eine eindrucksvolle massive Holztür, in einem kräftigen Blau gestrichen, oben abgerundet und mit kleinen, mit feinen Blümchen handbemalten Glaseinsätzen. Valentin lächelte und strich sanft mit den Fingerspitzen über die das unscheinbare Kunstwerk, als könnte das Glas bei der kleinsten unbedachten Berührung zerbrechen. Seine Mutter hätte diese Blumen geliebt. Ein ganz klein wenig kitschig, aber gerade nur so viel, dass sie niedlich aussahen, ohne aufdringlich oder protzig zu wirken.

Kunst ist immer und überall, gerade auch in den kleinen Dingen, hörte er ihre Stimme durch seinen Kopf geistern. Valentin schluckte und zog die Finger zurück, als hätte er sie sich verbrannt. Er ballte seine Hände zu Fäusten und schloss für einen Moment die Augen. Dann setzte er ein höfliches Lächeln auf und klingelte.

Keine Minute später öffnete ihm eine elegant gekleidete, blonde Frau. Ihre Haare wirkten ein wenig, als gehörte eigentlich eine gehäkelte Wollmütze auf den Kopf, unter der alles ab den Ohren hervor quellen konnte. Durch das Fehlen der Mütze wussten die Haare oberhalb der Ohren nicht so recht, wie sie sich verhalten sollten. Die Nase war zu breit für das schmale Gesicht und die

Zähne etwas zu groß für den kleinen Mund, aber dennoch hatte die Dame etwas Hübsches an sich, das Valentin nicht zuzuordnen vermochte. „Ja, bitte?", grüßte sie und musterte ihn aufmerksam und unverhohlen mit ihren graublauen Augen.

„Ich komme wegen der Wohnung", erwiderte Valentin und fühlte sich ein wenig ertappt. Früher hatten sich Menschen geehrt gefühlt, wenn er vor ihnen stand und sie musterte. Aber das war nun vorbei. Jetzt galt es schlicht als unhöflich, wie bei allen anderen Menschen auch. An diese neuen Spielregeln konnte er sich nur schwer gewöhnen. Er räusperte sich und fügte hinzu: „Ich bin der neue Mitbewohner."

Ein strahlendes Lächeln ergriff ihr ganzes Gesicht. „Ach – dann hat es also doch geklappt! Das freut mich! Kommen Sie doch herein!" Sie trat beiseite und gab den Weg frei in einen alten, schmalen Korridor, mit Blümchentapete an den Wänden und mehreren Wohnungstüren zu beiden Seiten. Nachdem sie die Haustür geschlossen hatte, führte sie ihn eine Treppe hinauf und öffnete die Tür zu einem geräumigen Wohnzimmer.

Im offenen Kamin brannte ein gemütliches Feuer, Licht fiel durch eines der hohen, von durchsichtigen Vorhängen umrahmten Fenster herein und die Regale an den Wänden waren mit allerlei Büchern gefüllt.

Der große, dunkelrote Teppich mit den beigefarbenen Ornamenten war definitiv ein teures, handgeknüpftes Modell. Die Wände waren mit moderner Tapete in einem dunklen Türkiston verkleidet und endeten oberhalb in einer Stuck besetzten Decke, unterhalb in einem frisch geschliffenen Dielenboden.

„Schön, nicht wahr?", sprach die Dame seine Gedanken aus. Sie lächelte noch immer. „Früher war das hier ein richtig schönes Herrenhaus. Dann ging die Familie Bankrott und der neue Eigentümer hat es in fünfzehn winzige Wohnungen unterteilt. Ganz schrecklich. Aber jetzt, wo es wieder renoviert wurde, hat es seinen ursprünglichen Charme zurück erhalten. Dort drüben ist eine große Wohnküche, hinter der Tür gleich hier das Badezimmer und dort das Schlafzimmer. Ach ja, und da geht's in das Arbeitszimmer. Und durch diese Tür hier geht es in den Nebentrakt, der dann auch hinauf in den Dachboden führt. Auf dieser Ebene hätten Sie ein kleines Wohnzimmer und ein Badezimmer, oben auf dann ein Büro, ein Schlafzimmer und eine hübsche Küche. Es hätten eigentlich Kinderzimmer werden sollen für ... nun, daraus wird nichts mehr. Manche Dinge muss man ruhen lassen." Sie senkte ihren Blick, um zu verstecken, dass in den kleinen, graublauen Augen Tränen schimmerten.

Valentin schluckte bedrückt. Noch bevor er jedoch etwas erwidern konnte, wobei er sich nicht sicher war, ob er tröstende, aufmunternde oder mitleidige Worte aussprechen sollte, schüttelte sie bereits den Kopf und kämpfte ein Lächeln auf Ihre Lippen. „Möchten Sie Kaffee und Kekse oder Kuchen?", fragte sie und warf einen Kontrollblick auf die große, weiße Wanduhr hinter Valentin. „Natürlich möchten Sie, was für eine dumme Frage. Ich bin gleich zurück, auf dem Ofen steht ein noch warmer Marmorkuchen, bei dem fehlt nur noch der Puderzucker", verkündete die Dame und verschwand nach unten.

Valentin drehte sie einmal um die eigene Achse. Er konnte ihr nur zustimmen: schön.

Sehr schön, sogar.

Die Wohnung war sichtlich alt, aber liebevoll renoviert und strahlte eine Wärme aus, der sich Valentin nicht entziehen konnte. Er schlenderte durch den Raum, ließ die Fingerspitzen über die Rückenlehne des langen Sofas gleiten und atmete die von Feuer, Holz und Knistern erfüllte Luft ein.

Ein schadenfrohes Lächeln hüpfte über seine Lippen. Wenn sein Vater ihn jetzt sehen könnte; Ferdinand hatte sich mit seiner Aktion ins eigene Fleisch geschnitten. Anstatt ihn zu bestrafen, hatte er ihm eine angemessene Unterkunft besorgt und einen Mitbewohner, der keine Zeit hatte, seinen Babysitter zu spielen.

Hier konnte Valentin tun und lassen was er wollte, konnte er durchatmen. Frei sein. Valentin schloss die Augen und lächelte. Dieses Mal aber fehlte jegliche Schadenfreude. Er glaubte weder an Schicksal, noch an Fügung. Aber warum sollte er sich nicht über einen glücklichen Zufall aufrichtig freuen?

Bader musste das Haus geerbt haben. Oder vielleicht handelte es sich bei der Dame um seine Großmutter, die ihn freundlicher Weise bei sich wohnen ließ? Wobei ... alt genug dafür wirkte die Dame nicht, dafür schätze er sie einen Tick zu jung.

Sein Geld schien Bader jedenfalls komplett in Fachliteratur umzusetzen. In den Regalen drängten sich juristische Wälzer dicht an dicht: Rechtsgeschichte, Wohnbaurecht, BGB, Personalrecht. Ein Regalbrett war mit gebundenen Ausgaben einer juristischen Fachzeitschrift gefüllt.

Dann entdeckte Valentin etwas, das ihn seine Augenbrauen anheben ließ. Seine Finger glitten über die Buchrücken einiger besonders interessanter Bücher: Kunstrecht, Kunstgeschichte und einige populärwissenschaftliche Titel wie „Ist das noch Kunst?"

Konnte er sich in dem schüchternen Jungen geirrt haben? War sein Antrieb nicht der Wunsch, von der Gesellschaft Benachteiligten zu helfen, sondern sein Traum von Reichtum?

Valentin sah sich in der Wohnung um. Keinerlei Bilder von Eltern oder Geschwistern. Bader stammte sicherlich aus armen Verhältnissen, die Wahrscheinlichkeit, dass er ein Einzelkind war, tendierte folglich gegen Null. Es musste also einen anderen Grund für das Fehlen von Familienfotos geben.

„Tee und Kuchen", meldete sich die Dame zurück, „setzen Sie sich doch und erzählen Sie von sich. Wann kommt denn der Umzugswagen? Oder wollen Sie erst einmal testweise einziehen? Ich kann Ihnen jedenfalls gar nicht sagen, wie sehr ich mich über Ihre Anwesenheit hier freue! Er braucht dringend jemanden um sich, der ein wenig Schwung und Leben mitbringt. Wenn ich die Annonce richtig gelesen habe, sind Sie Künstler?" Sie sah prüfend auf die Uhr an der Wand und lächelte. „Er hat wohl mal wieder die Zeit übersehen. Aber keine Sorge, ich bin mir sicher, Herr von Walden kehrt bald zurück, um Sie zu begrüßen und Ihnen den Rest der Wohnung zu zeigen. Tee?"

Als Valentin den Namen hörte, gefror schlagartig das Blut in seinen Adern. Ein Klumpen bildete sich in seinem Magen und sein Brustkorb wurde zusammengeschnürt. Für einen Moment blieb ihm die Luft weg, während Übelkeit seine Kehle hinauf stieg.

„Geht es Ihnen nicht gut, mein Junge? Sie sehen ja plötzlich aus, als hätten Sie ein Gespenst gesehen! Vertragen Sie keine Lactose? Oder kein Gluten? Herrje, ich habe ganz zu fragen vergessen, heute hat ja fast jeder schon etwas, das er nicht verträgt. Ein Glas Wasser vielleicht?", fragte die zierliche Dame, wobei sowohl ihre Stimme, als auch ihr Gesicht von Sorge geprägt waren.

Valentin schluckte mehrmals gegen den riesigen Kloß in seinem Hals an, der jedoch hartnäckig blieb, wie eine dicke, fette Kröte, die sich keinen Millimeter bewegen wollte, und räusperte sich im Bemühen um ein Stückchen Selbstbeherrschung. „Das hier ist doch die Katharinenstraße 13", sagte er betont langsam.

Das Lächeln kehrte auf das Gesicht der Frau zurück. „Aber natürlich ist sie das."

„Und ... und hier wohnt ..."

Sie kniff die Brauen zusammen, wirkte zugleich amüsiert und verwirrt. „Nun, ich wohne mit Leonhard, dem Butler, im Erdgeschoss, gleich vorne links bei der Haustür. Hier im Obergeschoss wohnt Herr von Walden. Und von jetzt an auch Sie. Dann gibt es noch einen jungen Studenten, Niklas Bader, der wohnt ebenfalls unten im Erdgeschoss, auf der rechten Seite des Gangs. Ich weiß nicht so recht, was ich von ihm halten soll. Er ist ständig zu spät mit der Miete und seit er hier wohnt tauchen immer wieder zwielichtige Gestalten vor dem Haus auf."

Sie senkte ihre Stimme und rührte leise in ihrem Kaffee. „Ich habe ja die Befürchtung, dass er diesen Grobianen Geld schuldet. Wenn sich nicht bald etwas ändert, werde ich den Herzog bitten müssen, ihm zu kündigen. Es tut mir zwar leid um den Jungen, er scheint es wirklich nicht leicht zu haben im Leben, und es geht dabei auch bestimmt nicht um die ausstehende Miete, Herr von Walden hat schließlich genug Geld, da kann er ruhig jemanden unterstützen, der finanziell nicht auf Rosen gebettet ist – aber das hier ist ein anständiges Haus und diese Kerle sind mir unheimlich."

Es klingelte. Während Valentin erschrocken zusammenzuckte, begannen ihre Augen zu strahlen. „Das muss Herr von Walden sein. Er vergisst ständig seine Schlüssel, ich müsste sie ihm an alle seine Kleider nähen, dass er sie immer dabei hat. Aber ansonsten ist er ein liebenswerter Mensch, Sie werden ihn mögen." Sie stellte ihre Tasse beiseite und erhob sich, als Valentin ohne Vorwarnung seine Hand auf ihren Arm legte und sie fest hielt.

„Bitte, Sie müssen mir helfen. Das ist ein Missverständnis. Ich bin nicht hier, um mit Herrn von Walden die Wohnung zu teilen, sondern mit Niklas Bader. Ich möchte nicht, dass er mich hier oben findet. Bitte, bitte lassen Sie mich vorher in die richtige Wohnung verschwinden. Ich erkläre Ihnen dann auch alles. Ehrenwort." Valentin musste sich dabei keine Mühe geben, seine Worte verzweifelt klingen zu lassen. Der Gedanke, dass ihn dieser Mann hier oben fand, war schlichtweg unerträglich.

Die Dame schien Mitleid mit ihm zu haben. Sie nickte und stand auf. „Kommen Sie mit", sagte sie leise und trat in das Treppenhaus hinaus.

Wieder klingelte es.

„Ich komme, Herr von Walden! Einen Moment!", rief die Frau mit erhobener Stimme Richtung Haustür und hastete erstaunlich schnell mit Valentin die Stufen hinunter. Für einen kurzen Moment war er froh darüber, dass sein Vater ihm nur einen einzigen Koffer zugestanden hatte.

Geschickt sperrte die Frau die Tür zu Baders Wohnung auf und schob Valentin samt Koffer hinein. „Ich erwarte eine Erklärung, junger Mann", sagte sie streng, bevor sie sich abwandte und zur Haustür eilte.

Valentin zog die Tür zu und hielt den Atem an. Er lauschte und hörte, wie sie die Tür für Herrn von Walden öffnete. Dieser schlug die Haustür derart heftig hinter sich zu, dass das Echo durch das gesamte Haus donnerte. Der Mann war wütend, das stand fest. Valentin lauschte und hörte die Dame erklären, dass sie bereits Tee und Kuchen nach oben getragen hatte.

Herr von Walden brüllte nicht. Er fuhr sie auch nicht an. Trotzdem musste seine Reaktion äußerst unhöflich gewesen sein, denn die Dame bot nicht einmal an, Tee und Kuchen wieder zu entfernen und ihn dann in Ruhe zu lassen. Sie schloss die Tür zu ihrer eigenen Wohnung auf und schlug sie ebenfalls laut hinter sich zu.

Schweres Schuhwerk stapfte die Holzstufen hinauf, der alte Teppich vermochte die Schritte nur schwerlich zu dämpfen. Kaum erreichte Herr von Walden den oberen Treppenabsatz, wurde eine weitere Tür mit aller Gewalt zugeschlagen. Valentin erlaubte sich erst jetzt wieder zu atmen. Er presste seine Stirn gegen die kalte Tür und stöhnte.

„Verdammt", entfuhr es ihm leise.

Er musste sich gar nicht erst in dieser Wohnung umsehen, um herauszufinden, dass sie nicht mit derjenigen über seinem Kopf vergleichbar war. Der modrige Geruch verriet bereits deutlich mehr über diese Räume, als Valentin wissen wollte.

Wunderbar.

In der einen Sekunde hatte er sich noch im Paradies befunden, in der nächsten hatte ihn ein wütender Aristokrat daraus vertrieben. Valentin war sich mehr als sicher, dass er die Ursache der unsäglich miesen Laune des Adligen war. Gestern noch war Valentin mit Herrn von Walden gnadenlos ins Gericht gegangen. Das war nun die Quittung.

Spatzenhirn, schoss es immer wieder durch Valentins Kopf. Aber wer hätte auch ahnen können, dass sich unter Ferdinands unzumutbaren Kandidaten tatsächlich ein wahrhaft brauchbares Exemplar befand? Mit einer schönen Altbauwohnung mit Kamin und Büchern über Kunst? Wie hoch war die Wahrscheinlichkeit für das Eintreffen eines solchen Ereignisses? Mathematik war nie seine Stärke gewesen, aber auch ohne ein besonderes Talent für Zahlen war Valentin klar: Verschwindend gering. Er hätte sich mehr Chancen auf einen Sechser im Lotto errechnet.

Mit einem leisen Stöhnen löste er seine Stirn von der Tür und stellte irritiert fest, dass etwas an ihr klebte. Er wischte sich mit der Hand über das Gesicht.

Abgeblätterte Farbe von der Tür.

Valentin schnaubte, kratzte die kleinen Plättchen von seiner Haut und drehte sich dann um. Der kleine Flur erinnerte mehr an einen Kellerraum, als an eine Wohnung: die Wände in einem hässlichen Graugrün gestrichen, oben an der unfassbar niedrigen Decke verliefen Metallrohre und Kabelschächte und eine einzelne, verstaubte Glühbirne hing von ihr in einer Baufassung herab und verströmte schmutziges Licht. Valentin umrundete sie und öffnete eine weitere Tür, von der Farbe blätterte.

In Ermangelung eines anderen Wortes beschloss Valentin, diesen winzigen Raum als Küche zu bezeichnen. Hinweise darauf lieferten die drei darin befindlichen Möbelstücke: ein kleiner, runder Tisch wie sie in Bistros und Straßencafés zu stehen pflegten, die einst dunkle, hölzerne Tischplatte vom vielen Schrubben blass und abgewetzt; ein dazu passender Stuhl, dem man schon von Weitem ansehen konnte, dass er wackelte und kaum mehr als das Gewicht eines Dackels zu tragen vermochte; zuletzt ein quietschpinker Unterschrank, der mit Beschlägen gut sichtbar an der Wand befestigt worden war. Auf dem Unterschrank befanden sich ein Ceranfeld für einen einzelnen Kochtopf und ein Wasserhahn samt winzigem Spülbecken. Das Ganze erinnerte Valentin an die Spielküche seiner Kindheit, wobei selbst diese mehr Platz und Stauraum geboten hatte.

Valentin zögerte kurz, dann trat er ein und öffnete vorsichtig die linke Tür des Unterschranks. Dahinter verbarg sich ein kleiner Kühlschrank, der außer einer halb leeren Flasche Milch, einer Packung Toast und einem eingewickelten Stück Butter nichts enthielt. Er schloss den Kühlschrank wieder und öffnete die rechte Tür. Neben dem Abflussrohr für das Spülbecken beherbergte dieser Bereich verschiedene Flaschen und Schachteln Putzmittel und eine Packung ungebrauchter Schwämme. Im Spülbecken selbst lagen ein Teller, eine Gabel, ein Messer und ein Glas. Alles sauber, aber mit deutlichen Gebrauchsspuren.

Kein Wunder, dass der Student derart dürr war, wenn er gezwungen war, sich in dieser Küche Mahlzeiten zuzubereiten und die Stadt auf einem alten Fahrrad durchquerte.

Valentin verließ die kleine Kammer und öffnete eine weitere Tür. Ein von unten bis oben dunkelblau gefliester Raum, der immerhin Toilette, Waschbecken und Dusche beinhaltete. Nicht, dass Valentin tatsächlich in Betracht zog, diese zu nutzen. Er würde hier nicht bleiben. Ganz sicher nicht. Er würde in ein paar Minuten seinen Koffer nehmen, sich ein Taxi rufen und dann ein Zimmer in einem kleinen Hotel buchen. Ein Zimmer mit sauberem Bad und hohen Decken und einer Minibar und Zimmerservice.

Trotzdem betrat Valentin aus Neugier auch noch den letzten Raum. Dieser war deutlich größere als die anderen beiden, aber genauso hässlich und unzumutbar wie der Rest der Wohnung. Zwei der Wände waren grünlich gestrichen, an den anderen beiden Wänden hingen Reste der zur Hälfte heruntergerissenen Tapete. Jemand hatte wohl mitten im Renovieren eingesehen, dass hier alle Mühe vergebens war.

Am Boden lag ein alter und schmutziger, gelber Teppichboden. Der Raum verfügte ebenfalls über einen offenen, alten Kamin, rein theoretisch zumindest, denn dieser war sicherlich die letzten beiden Jahrzehnte nicht verwendet worden und trug ganz bestimmt nicht dazu bei, dem Raum etwas mehr Behaglichkeit zu verleihen. Eher ein Stück mehr Gruselhaus.

In einer Ecke lag eine schmale Matratze mit Decken auf dem Boden, in der anderen stand eine weitere Ausgabe des Bistro-Tisches samt Stuhl, dieses Mal jedoch mit einer eckigen Tischplatte. Dahinter befand sich etwas, das in seinem früheren Leben einmal ein Regal gewesen sein mochte. Es beinhaltete einige wenige Bücher und Ordner und einen Stapel Kleider und sah dabei aus, als würde es jede Sekunde zusammen brechen und von seinem Leid erlöst.

Dies war das einzige Zimmer in der kleinen Wohnung, das über ein Fenster verfügte. Es wurde von kurzen, grauen Vorhängen eingerahmt. Valentin beschlich die starke Vermutung, dass sich auf dem Stoff mehrere Schichten dichten, grauen Staubes befanden, die verhinderten, die eigentliche Farbe zu erkennen. Durch das Fenster fiel etwas Tageslicht herein, aber der Nieselregen sorgte dafür, dass es ebenso trüb und schmutzig wirkte wie die Wohnung selbst.

Valentin schluckte. Er erinnerte sich an Baders Worte. *Ich hatte ein Stipendium, wissen Sie ...* und fühlte sich seltsam unwohl bei dem Gedanken daran, dass der Student hier sein Dasein fristete. Wenn er sich ein Hotelzimmer nahm, konnte er vielleicht anfragen, ob sie auch mit einem Dauergast einverstanden wären. Mit dem Geld, das Bader von Valentins Vater erhalten hatte, konnte er sicherlich die Mietschulden bezahlen und sich dann etwas Besseres leisten, als das hier. Und das Hotel, das Valentin im Sinn hatte, war durchaus entgegenkommend.

Andererseits: das alles ging Valentin überhaupt nichts an. Niemand zwang Bader zum Jurastudium, er konnte jederzeit aufhören und sich Arbeit suchen und damit anfangen, seine Schulden abzuzahlen, anstatt mit jedem Semester weitere Schulden anzuhäufen. Er musste nicht auf diese Weise leben. Es war seine Entscheidung und Valentin hatte nicht vor sich damit zu belasten. Und wer konnte schon sagen, ob Ferdinand Steins Geldspritze nicht ohnehin dazu führte, dass Bader seine Entscheidung anzweifelte und umdachte?

Valentin musterte die Matratze, die am Boden lag.

Sehr schmal, sicher durchgelegen, aber dennoch mit einem sauberen Spannbetttuch bezogen. Langsam ließ er erneut seinen Blick durch den Wohn- und Schlafraum schweifen. Kein Müll. Keine achtlos zu Boden geworfene Kleidung.

Keine Unordnung.

Bader gab sich offensichtlich Mühe, trotz der schlechten Wohnsituation auf einen gewissen Standard an Sauberkeit und Hygiene zu achten. Valentin wusste nicht, woher der Student dazu die Kraft nahm – aus gutem Essen sicherlich nicht – und hatte ein seltsam ungutes Gefühl, als ihm bewusst wurde, auf welch verlorenem Posten Bader kämpfte.

Er schüttelte den Kopf, als wolle er dieses schlechte Gefühl loswerden, und kehrte dann dem Ganzen den Rücken zu. Mit entschlossenen Schritten ging er zurück in den winzigen, niedrigen Flur, widerstand dem Drang, das Genick einzuziehen, und hob seinen Koffer auf. Dann lauschte er an der Tür. Herr von Waldens Schritte polterten über die Dielen eine Etage über ihm, während ein Plattenspieler Opernklänge durch das Haus jagte.

Valentin nutzte die Gelegenheit, öffnete leise die Tür und schlüpfte in den Hausgang hinaus. Dann verließ er die Katharinenstraße 13 und schlenderte auf der Suche nach einem Taxi im Nieselregen die Straße entlang.

Valentin ließ sich zum „Paulsen & Söhne" fahren, einem seiner Lieblingshotels. Hierhin war er schon früher gerne hin und wieder verschwunden, wenn er Abstand von seinem Vater brauchte. Er hatte dort stets eine eher kleine, aber überaus komfortabel ausgestattete, schalldichte Suite als Unterkunft erhalten, die ursprünglich für Musiker gedacht war. Valentin wusste die Ruhe und Ungestörtheit der Räumlichkeiten zu schätzen.
Zudem beschwerte sich der Besitzer des Hotels nie darüber, dass Valentin in der Suite stundenlange Steinskulpturen klopfte. Nun ja, geklopft hatte. Seine Tage als Künstler gehörten definitiv der Vergangenheit an. Dennoch - Josef Paulsen Senior hatte immer ohne Wenn und Aber die finanzielle Entschädigung akzeptiert, die Valentin ihm für die Umstände auf sein Konto überwies, und verhielt sich absolut diskret.
Auch deshalb war Valentins Entscheidung auf dieses Hotel gefallen. Ferdinand musste ja nicht sofort wissen, dass er die Wohnung verlassen hatte. Bei Paulsen & Söhne konnte er sich sicher sein, dass sein Aufenthalt Privatsache blieb.
Valentin betrat die Lobby, während ein Kofferjunge sein Gepäck hinter ihm hertrug. An der Rezeption wurde er von der freundlich lächelnden Hanna empfangen. „Guten Tag, Herr Stein. Es ist mir eine Freude, Sie wieder in unserem Hotel begrüßen zu dürfen!", begrüßte sie ihn und lächelte freundlich. „Darf ich Ihnen die Suite anbieten?"
Valentin lächelte zurück und sagte: „Sie dürfen." Er beobachtete, wie ihre kurzen Finger über die Tastatur huschten. Wenige Augenblicke später bat sie ihn höflich um seine Kreditkarte. Valentin fischte seinen Geldbeutel aus der Innentasche seines Jacketts und entnahm ihr die Karte.

„Vielen Dank", erwiderte Hanna und zog sie geschickt durch den Schlitz. Sie wartete einen Augenblick, dann wiederholte sie den Vorgang. Wieder glitten ihre Finger über die Tastatur und ein drittes Mal zog sie die Karte durch das Lesegerät. Dieses Mal rutschte ihr ein verwundertes „Oh" über die Lippen. Sie schien peinlich berührt, ihre Wange erröteten etwas.

Ein Mann kam um die Ecke gerauscht und stellte sich zu ihr hinter die Theke, Valentin erkannte ihn sofort als Hannes Paulsen, den jüngsten Sohn der Familie.

„Guten Tag, Herr Stein", begrüßte Hannes ihn freundlich und nickte ihm zu. Auf seinem Gesicht befand sich ein Lächeln, das besagte: *Was auch immer das Problem ist, wir finden schon eine Lösung.* Dann aber überflogen seine Augen die Anzeige auf dem Bildschirm und auch sein Gesicht nahm einen peinlich berührten Ausdruck an.

„Ich … es tut mir leid, Herr Stein", setzte Hannes an und fuhr sich mit der Hand durch das braune Haar. „Ihre Kreditkarte ist gesperrt. Wir haben hier eine Anweisung Ihrer Bank, sämtliche Karten einzuziehen und zu zerstören." Erneut fuhr er sich mit der Hand durch das Haar. Dann löste er den Blick vom Bildschirm und sah zu Valentin. „Ich bin mir sicher, das ist ein Missverständnis. Mit Ihrer Erlaubnis rufe ich umgehend bei Ihrer Bank an und werde das richtig stellen."

Für den Bruchteil einer Sekunde brachten die Worte Valentin aus dem Gleichgewicht. Dann glühte die Wut über seinen Vater in ihm auf. Er schüttelte entschieden den Kopf. „Vielen Dank, Herr Paulsen, das weiß ich sehr zu schätzen, aber es ist nicht nötig. Es handelt sich hierbei wohl um einen üblen Streich meines Vaters, den ich persönlich mit ihm klären werde." Er entnahm seiner Geldbörse zehn fünfzig Euro Noten und steckte das Geld dann wie beiläufig in seine linke Manteltasche. Danach überreichte er mit einem freundlichen Lächeln Hannes seine Brieftasche. „Hier – zerstören Sie meine Karten. Ich möchte nicht, dass Sie meinetwegen Ärger bekommen. Ich wünsche Ihnen noch einen schönen Tag." Damit drehte sich Valentin um und marschierte zielstrebig nach draußen, dicht gefolgt von seinem Kofferträger.

Wieder im Taxi biss Valentin zornig die Zähne zusammen. Sein Vater wollte ihn also leiden sehen?

Das konnte er haben.

Valentin ließ sich zurück in die Katharinenstraße fahren, wies den Fahrer allerdings zwei Mal an, anzuhalten. Als er wieder vor der strahlend blauen Haustür stand, verfügte er über deutlich mehr Gepäck, als bei seiner ersten Ankunft. Er klingelte und wartete, bis die blondhaarige Dame die Tür für ihn öffnete. Ihr prüfender Blick glitt über die Ansammlung seiner jüngsten Erwerbungen: eine zusammengerollte und noch verschweißte Matratze, ein Schlafsack, ein Nachtschränkchen und zwei Tüten voll mit Lebensmitteln und Haushaltsbedarf.

„Herr von Walden hat gerade eine Verabredung mit einem alten Schulfreund und ist außer Haus. Sie können sich also mit dem Einräumen Zeit lassen. Wenn Sie damit fertig sind, klopfen Sie an meine Tür. Niklas Bader war vorhin bei mir und hat die gesamte ausstehende Miete beglichen. Er hat mir eine recht abenteuerliche Geschichte erzählt, bevor er wieder verschwunden ist. Gott weiß, wohin. Ich würde gerne Ihre Seite hören."

Valentin nickte und nahm den Koffer in die eine und eine der Tüten in die andere Hand. Immerhin sperrte ihm die Frau ein weiteres Mal die Tür zu Baders Wohnung auf, bevor sie ihn sich selbst überließ. Valentin schleifte sein Hab und Gut in die Wohnung. Dafür benötigte er weit länger, als er gedacht hatte. Die Gegenstände waren erstaunlich schwer und unhandlich.

Da sich die wenigen Habseligkeiten des Studenten auf den ganzen Wohn- und Schlafraum verteilten, musste Valentin sie erst einmal auf eine Seite räumen und weil er keine Lust hatte, Baders Matratze durch den ganzen Raum zu schleifen, verfrachtete er stattdessen den kleinen Tisch samt Stuhl und das Bücherregal auf die linke Seite zur Matratze. Als er damit fertig war, betrachtete er sein Werk halbwegs zufrieden. Bader würde die Seite links vom Kamin für sich beanspruchen können und Valentin die rechte Seite.

Bevor er mit dem Auspacken seiner neuen Sachen begann, wusch Valentin sich im Badezimmer die Hände. Dabei fiel ihm auf, dass er noch Handtücher kaufen musste. Er dachte an die letzten beiden fünfzig Euro Noten in seiner Manteltasche und schnaubte leise. Einzukaufen war weit teurer, als er angenommen hatte. Vielleicht konnte er ja der Dame ein, zwei Handtücher abschwatzen, wenn er später bei ihrem Gespräch den Mangel an Handtüchern in die Unterhaltung einfließen ließ.

Valentin wischte sich die nassen Hände an seinem Mantel ab und knurrte dabei. Dann kehrte er in den Wohnraum zurück und stellte zuerst den Nachtschrank an die Wand. Anschließend schlüpfte er aus seinem Mantel und legte ihn zusammen mit seinem geliebten Hut oben auf ordentlich auf dem Kästchen ab. Schließlich krempelte er seine Ärmel hoch und seufzte.

„Frisch ans Werk", murmelte Valentin und begann, seine sperrige, verpackte Schlafunterlage durch den Raum zu zerren.

4

Erschöpft ließ sich Valentin auf seine Matratze fallen. Er hatte seine Einkäufe in Badezimmer und Küche verteilt und anschließend einen Blick in seinen Koffer geworfen. Sein Vater hatte beim Packen desselben nicht nur an Kleidung zum Wechseln gedacht, sondern erfreulicherweise auch an zwei flauschig weiche Handtücher, die nach Zirbenholz dufteten.

Außerdem befanden sich in dem Koffer sein längst am Holzrahmen seitlich abgegriffenes Lieblingsbild - eine Aufnahme seiner Mutter in Latzhosen und barfuß im Garten beim Blumengießen -, seine hölzerne Junghans, Hygieneartikel und ein Sparschwein. Letzteres hatte Valentin noch nie zuvor gesehen und auch noch nie besessen. Ferdinand musste es als witzig empfunden haben. Zuerst wollte Valentin es in den Müll werfen, doch dann stellte er es neben das Bild seiner Mutter auf den Nachttisch.

Schließlich hörte Valentin das Rattern des Schlüssels im Schloss der Wohnungstür und lauschte konzentriert den leisen, unregelmäßigen Schritten. Sie klangen viel schwerer als im Haus seines Vaters und auch ein wenig ungeschickt. Plötzlich knallte es dutzendweise, wieder und wieder. Bader fluchte dazu im Flur. Dem Geräusch nach handelte es sich um Dosen, die auf den Boden fielen und über den Beton kullerten.

Valentin rang einen Moment mit sich selbst, Erschöpfung und Faulheit gegen Neugier, bevor er sich von seiner neuen Matratze erhob. Er schlenderte durch den Wohnraum und lehnte sich mit der Schulter gegen den Türrahmen.

Bader kniete in der Diele und sammelte Dosen vom Boden auf. Neben ihm lagen mehrere Plastiktüten, eine davon leer und zerrissen. An der Wand neben ihm lehnte ein Gerät, das Valentin völlig unbekannt war. Es verfügte über einen langen Stil wie ein Besen, aber am unteren Ende war ein rechteckiger, flacher Kasten aus rotem Plastik befestigt. Valentin musterte das Gerät, verlor aber schnell das Interesse daran. Bader hatte in der Zwischenzeit den ganzen Arm voller Dosen geräumt.

„Nudelsuppe, Ravioli, Kartoffelsuppe, Gulasch, Gemüseeintopf. Okay, jetzt ergibt das Ganze ein wenig mehr Sinn. An welcher Versuchsreihe nimmst du teil? Ich hoffe doch, du wirst gut bezahlt", kommentierte Valentin, während Bader sich mühsam auf die Füße hievte.

Der Student warf ihm aus verengten Augen einen verwirrt-genervten Blick zu. „Was?", fragte er und kniff dabei angestrengt die Brauen noch etwas mehr zusammen. Er hielt die Dosen fest so gut er konnte, allerdings rutschten zwei besonders große Exemplare mit Ravioli bereits langsam erdwärts.

„Die Dosen", erwiderte Valentin und nickte in ihre Richtung, „wozu verwendest du sie?" Nicht, dass es ihn wirklich interessiert hätte, aber es gab hier nicht gerade viel, womit er sich hätte beschäftigen können und er musste ein wenig Zeit totschlagen.

Die Augenbrauen des jungen Mannes zogen sich noch enger zusammen und bildeten nun eine einzige, krumme Linie. Er öffnete seinen Mund ein wenig, schloss ihn dann aber wieder. Eine der beiden wanderlustigen Dosen rutschte so weit nach unten, dass er sein Gewicht verlagern musste, um sie vom Fallen abzuhalten. „Es sind Lebensmittel. Ich esse sie", antwortete Bader gereizt. Vorsichtig machte er sich auf den Weg in die kleine Küche.

„Dann simulierst du die Bedingungen während des zweiten Weltkrieges?", hakte Valentin nach und folgte ihm. Er blieb allerdings auch dieses Mal im Türrahmen stehen. Zu zweit wäre es in dem winzigen Raum recht eng gewesen – zu eng für Valentins Geschmack. „Oder nach dem Krieg? Essensrationierung? Beschränkung auf konservierte Lebensmittel? Oder bist du bei einer Theatergruppe und du betreibst Method acting?"

Bader stand mit dem Rücken zu ihm und stapelte die Dosen in der Ecke zwischen Wand und Küchentheke am Boden zu einem hohen Turm und schnaubte. „Nein. Ich kaufe sie, weil sie billig sind. Ich esse sie, wenn ich Hunger habe. Dahinter verbirgt sich kein Experiment oder ein Versuch, außer der, am Leben zu bleiben." Er stellte die letzte Dose ab und drehte sich energisch um. „Nicht jeder wächst mit einem goldenen Löffel im Arsch auf", schnauzte er Valentin an und seine grauen Augen funkelten dabei gefährlich.

Dieses Aufbrausen dauerte nur wenige Sekunden, dann sanken seine Schultern bereits wieder ein wenig nach unten. „Tut mir Leid. War ein beschissener Tag." Er fuhr sich mit den Fingern durch das blonde, strubbelige Haar und dann mit der flachen Hand übers Gesicht.

„Mein Vater hat dir heute über 9000€ geschenkt. Das würde ich nicht gerade als einen schlechten Tag bezeichnen. Für gewöhnlich ist er weniger spendabel", erwiderte Valentin und musterte den Studenten. Der weinrote Sweater, den er trug, wirkte ebenso abgenutzt und verwaschen wie das Paar Blue-Jeans.

Bader schien diese direkte Musterung unangenehm zu sein. Er zwängte sich an Valentin vorbei und ging in die Diele, wo sein restlicher Einkauf auf ihn wartete. Er beugte sich nach unten und zuckte dabei zusammen. Sein Gesicht nahm für einen kurzen Moment einen schmerzerfüllten Ausdruck an. Trotzdem hob er beide Tüten hoch und trug sie ebenfalls in die Küche. Dabei verrutschte sein T-Shirt und offenbarte einige dunkelblaue und grüne Stellen Haut.

„Sieht schmerzhaft aus. Warst du damit beim Arzt?", fragte Valentin und neigte den Kopf zur Seite. Bilder tauchten vor seinen

Augen auf. Tom, der mit blutverschmiertem Gesicht, aufgeplatzten Lippen und zerrissenen Kleidern vor seiner Haustür stand, die Arme gegen die gebrochenen Rippen gepresst. *Ich hab Mist gebaut, Dino. Die bringen mich um. Bitte. Die bringen mich um.* Valentin biss die Zähne zusammen und war froh, dass Bader ihm den Rücken zuwandte. Die Sache mit Tom war schon fast zehn Jahre her, aber trotzdem war dieser eine Moment, dieser kurze Augenblick vor der Haustür so präsent, als habe sich die Szene vor wenigen Minuten abgespielt. Der süßliche Geruch nach Gemüsecremesuppe, der durch das ganze Haus waberte; das blinkende Licht eines Flugzeugs, das über den Himmel sauste; die Stimme seines Vaters, der fragte, wer an der Haustür war; Tom, der erschrocken zusammenzuckte, leise etwas Unverständliches murmelte, sich umdrehte und davon stolperte; Valentin, der wie gelähmt da stand, bis sein Vater ihn aus der Erstarrung rüttelte.

Falls Bader in der gleichen Scheiße steckte, war von dem Geld seines Vaters vermutlich kein Cent mehr übrig und die Gefahr noch lange nicht abgewendet. „Dein Stipendium war plötzlich weg, du wolltest aber weiter studieren. Da dir keine Bank einen Kredit gewähren wollte, hast du dir das Geld bei einem privaten Geldverleiher geholt. Du bist nicht nur mit der Miete im Rückstand, sondern auch mit deinen Rückzahlungen bei einem Kredithai", sprach Valentin seine Vermutung aus, während er die unzähligen Hämatome auf Baders Rücken betrachtete. „Du hast mit dem Geld meines Vaters deine Miete bezahlt und warst bei deinem Kreditgeber. Er hat dir zuerst das Geld abgenommen und dann ein paar Rippen gebrochen. "

Bader drehte sich wütend zu ihm um und fuhr ihn an: „Was soll das? Hast du mir ernsthaft hinterher spioniert? Bist du total bekloppt? Oder ist dir dermaßen langweilig?"

„Es mag dich überraschen, aber es gibt sehr viele Künstler, die wie du sagen würdest nicht mit einem goldenen Löffel im Arsch geboren wurden, aber auf Geld angewiesen waren, und die dann genauso dumme Dinge getan haben wie du, in der Hoffnung, es ganz nach oben zu schaffen. Mit einigen davon war ich gut genug befreundet, um mittlerweile die Anzeichen zu kennen."

Bader musterte ihn einen Moment lang kritisch, als wolle er in Valentins Gesicht lesen, ob dieser tatsächlich die Wahrheit sagte. Dann drehte er sich wieder um und kümmerte sich wortlos um seine Einkäufe. Als Bader jedoch einen Sack Kartoffeln aus einer der Tüten holte, sog er geräuschvoll Luft durch seine zusammengebissenen Zähne ein. Er ließ den Sack fallen und setzte sich auf seinen Hosenboden. Dort blieb er mit zu Fäusten geballten Händen sitzen und bemühte sich darum, ruhig zu atmen.

„Du solltest das lieber von einem Arzt untersuchen lassen", riet Valentin, verlagerte sein Gewicht von einem Fuß auf den anderen und verschränkte die Arme vor dem Oberkörper. Valentin überlegte, was er tun konnte.

„Verschwinde", knurrte Bader und es klang verdammt angestrengt.

„Ich kenne einen, der ..."

„Verpiss dich!"

„Es ist wirklich nicht vernünftig, dass du ..."

„Raus!"

„Wie du willst", erwiderte Valentin leise, überließ Bader seinen Einkäufen und seinen Schmerzen und machte sich auf den Weg in die Wohnung gegenüber.

Die Dame stellte sich ihm als Frau Thaler vor, ledige Köchin des Hauses. Sie hörte sich seine Geschichte aufmerksam an und unterbrach ihn kein einziges Mal.

Als Valentin allerdings zu der Stelle kam, bei der es um Herrn von Waldens Besuch ging, verzog die Dame das Gesicht. „Da hast du dem armen Kilian aber übel mitgespielt. Das hat er nun wirklich nicht nötig, sich von einem faulen Grünschnabel wie dir beleidigen zu lassen. Und ich habe ihn auch noch dazu ermutigt und zu dir geschickt. Schämen solltest du dich", tadelte sie mit strenger Stimme, während sie aber gleichzeitig ein Stück Schokoladenkuchen für ihren Gast auf einen Teller gab.

Valentin wusste nicht, wann Frau Thaler vom förmlichen „Sie" zum viel persönlicheren „Du" übergegangen war und noch viel weniger, warum. Aber etwas in ihrer Stimme sagte ihm, dass er sich besser nicht darüber beschwerte, sondern es einfach als gegeben hinnahm.

Neugierig stach er mit der Gabel in den Kuchen und schob sie sich in den Mund. Der Schokokuchen schmeckte wie erwartet: sehr süß, luftig und schokoladig. Valentin spülte mit einem Schluck Kaffee nach, bevor er zu seiner Verteidigung ansetzte. „Ich wollte den Herzog nicht persönlich beleidigen. Wie auch, ich kannte und kenne ihn nicht. Meine Wortwahl hätte auch höflicher ausfallen können. Aber an dem Tag hatte ich bereits stundenlang dagesessen und fünfundzwanzig anderen Kandidaten zugehört. Keiner von denen war mir dabei auch nur annähernd sympathisch. Und alle haben nur mit meinem Vater gesprochen, als wäre ich sein schwer zu vermittelndes Schoßhündchen, das ein neues Zuhause braucht."

Das stimmte nicht ganz, aber Valentin fand es war nahe genug an der Wahrheit dran. Tatsächlich hatte sein Vater zuerst versucht, ihn in das unselige Spektakel mit einzubinden und die Kandidaten mit ihm gemeinsam zu diskutieren und dann auszuwählen, die eine Einladung erhielten. Aber Valentin hatte nicht der Sinn danach gestanden, auszuziehen. Schon gar nicht auf diese Art und Weise.

Wozu auch?

War alles nur Lug und Trug, Schein und Heuchelei.

Frau Thaler schien Verständnis zu haben: Die Dame nickte bedächtig. „Das mag sein, mein Junge. Aber seit Kilian von diesem Treffen zurück ist, ist er absolut unleidlich. Sonst war er immer ein netter und hilfsbereiter Kerl, trotz der schrecklichen Sache mit Richard. Jetzt schmeißt er mit Türen zu und mit Gegenständen um sich und brüllt. Nicht einmal das Dresdner Porzellan ist mehr vor ihm sicher. Du gehst ihm besser aus dem Weg, sonst zerlegt er dich noch in deine Einzelteile."

Eine weitere Gabel voll Kuchen verschwand in Valentins Mund. Er schüttelte den Kopf und lächelte. „Ach was, Herr von Walden ist Adliger. Der hyperventiliert doch sicher schon, wenn er sich einen Fingernagel einreißt."

Amüsiert lachte Frau Thaler auf. „Da bist du falsch informiert, mein Junge. Er hat den Titel durch Heirat erlangt. Kilian stammt aus einfachen Verhältnissen, ist gelernter Schreiner. Glaub mir, der zerlegt dich in deine Einzelteile, wenn er dich hier sieht."

„Das wusste ich nicht." Valentin leerte seinen Kaffee und schob sich den Rest Kuchen auf einmal quer in den Mund. Nachdenklich kaute er eine Weile darauf herum, überlegte, ob er nachfragen sollte, was mit diesem Richard vorgefallen war. Vielleicht ein verstorbener Bruder oder Freund? Und wo hielt sich denn Frau von Walden auf, wenn er doch mit ihr auch ihren Titel geheiratet hatte? Mit dem Poolboy durchgebrannt?

Aber dann entschied er sich dagegen und verschob diese Fragen auf ein andermal. „Ich habe gehört, Bader hatte zu Beginn ein Stipendium."

„Und jetzt willst du von mir wissen, wie er es verloren hat? Junger Mann, du verwechselst mich da mit einem Tratschweib. Ich bin nicht hier, um dich mit Gerüchten zu versorgen. Wenn du etwas über ihn wissen willst, geh rüber und frag ihn selbst." Damit erhob sie sich von ihrem Stuhl und holte etwas Alufolie aus einer Schublade. Sie schnitt zwei dicke Stücke ab und wickelte sie sorgfältig in die Folie ein. „Hier, die könnt ihr euch teilen. Herr von Walden rührt im Moment ohnehin keinen Kuchen an. Jetzt sieh zu, dass du in deine eigene Wohnung kommst."

Valentin stand auf und nahm das Alupäckchen. Er bedankte sich und verließ die saubere, gemütliche, ebenfalls liebevoll renovierte Wohnung sehr viel früher, als geplant. Außerdem mit weit weniger Informationen. Immerhin hatte er Kuchen bekommen und Frau Thaler stellte eine interessante Gesprächspartnerin dar. Weniger wegen dem, was sie sagte, als viel mehr wegen der Art, in der sie es sagte.

Etwas an ihr ließ Valentin daran zweifeln, dass sie die Geldeintreiber vor ihrem Haus tatsächlich als unheimlich oder gar einschüchternd empfand. Vielmehr hatte er das Gefühl, dass sie mit allem und jedem fertig werden konnte, der es wagte, sich ihr in den Weg zu stellen.

Zurück in der Kellerwohnung fehlte von Bader jede Spur.

In der Küche stand in der rechten hinteren Ecke eine geöffnete Konservendose. Gemüsesuppe mit Würstchen. Sie war leer und ordentlich ausgespült, das Geschirr im Spülbecken tropfte noch. Bader hatte also ohne ihn zu Mittag gegessen. Nun gut, Valentin nahm es ihm nicht übel. Er verzog sich mit dem Alupäckchen auf seine Matratze und machte sich daran, den Kuchen zu verspeisen.

Das seltsame Gerät mit dem roten Plastikrechteck und dem langen Stil stand im Wohnraum.

Valentin beobachtete es eine ganze Weile aus der Ferne, bevor er letztlich doch aufstand und zu dem Gerät hinüber schlenderte. An dem Ding selbst befand sich kein noch so kleiner Hinweis darauf, wozu es benutzt wurde. Gerade, als Valentin es hochheben und von unten betrachten wollte, klirrte der Schlüssel im Schloss der Wohnungstür.

Bader kam ins Wohnzimmer und warf einen kurzen Blick auf Valentin. „Gut. Wenn du heute kehrst, kehre ich morgen."

„Kehren?" Valentin kniff die Brauen zusammen, seine Stirn warf Falten. Er hatte im Hause seines Vaters zwar nie im Haushalt tätig werden müssen, aber einen Besen hätte er gerade noch als solchen erkannt - schließlich hatte er einmal einen für eines seiner Kunstprojekte verwendet. Das hier war ganz bestimmt kein Besen, da war er sich sicher. Außerdem: benutzte man heutzutage nicht Staubsauger für solche Arbeiten?

Der Student seufzte leise. „Das ist ein Teppichkehrer. Für den Teppichboden." Er durchschritt den Raum und hob das Gerät an. „Hier unten dran sind Kehrbürsten und die transportieren den Dreck in diesen rechteckigen Behälter", erklärte Bader geduldig, als spreche er mit einem kleinen Kind, und stellte den Kehrer wieder ab. „Nachdem du gekehrt hast, musst du den Behälter über der Mülltonne draußen ausklopfen. Danach kannst du ihn in der Dusche ausspülen." Er hielt den Stil in Valentins Richtung und wartete darauf, dass er ihn entgegen nahm.

Valentin dachte nicht daran. Er lächelte amüsiert. „Danke für die Erklärung, aber ich habe nicht vor dieses Gerät zu benutzen." Nicht heute, nicht morgen und übermorgen war er vermutlich schon wieder zurück im Südflügel des geräumigen Anwesens, mit Butler, Köchin und seiner kleinen Werkstatt. Bei dem Gedanken an die Werkstatt und sein Atelier wurde es Valentin ein wenig schwer ums Herz. Wie gerne hätte er sich jetzt dort mit einer neuen Lieferung Ölfarben und Meißeln zurückgezogen, auch, wenn er seit Monaten nichts mehr geschaffen hatte, das ihn tatsächlich zufrieden gestellt hätte. Die meisten Versuche endeten damit, dass er sein unvollendetes Werk frustriert zerstörte, um zu verhindern, dass jemand seine Stümperei zu sehen bekam.

„Es steht aber im Vertrag, dass du dich an den anfallenden Arbeiten in der Wohnung beteiligst", riss ihn Bader unsanft aus seinem Tagtraum. Er hielt den Stil des Kehrgeräts noch immer in seine Richtung. Hatte er in Ferdinands Arbeitszimmer verloren und durchweg schüchtern gewirkt, stellte er sich nun als erstaunlich hartnäckig heraus.

„Tut es das, ja?" Valentin seufzte leise. Er hätte den Vertrag vermutlich lesen sollen, bevor er ihn im Beisein seines Vaters unterschrieb. Sein Blick fiel auf die linke Hosentasche seines Mitbewohners, die deutlich ausgebeult war. „Hast du dir etwas Schönes gekauft?", fragte er und nickte in Richtung Hosentasche. Einerseits, um Bader von dem leidigen Thema Haushalt abzulenken, andererseits, weil ihm der Inhalt der Hosentasche gerade interessant erschien.

Bader folgte seinem Blick und fuhr dann mit seiner Hand in die Tasche. Er zog eine braune, zusammengeknüllte Papiertüte heraus. Ohne sich die Mühe zu machen, die Tüte zu glätten, überreichte er sie Valentin. „Der Wohnungsschlüssel. Habe ich für dich nachmachen lassen. Macht 15€."

Valentin überlegte kurz. Er dachte an das verbliebene Geld, das er spaßeshalber in das rosa-weiß karierte Sparschwein

gesteckt hatte. Die Lebensmittel, die er heute gekauft hatte, sollten ihm für ein paar Tage genügen und länger würde sein Vater
nie und nimmer durchhalten.

Wozu also das Geld aufheben? Spätestens Ende dieser Woche
konnte er wieder auf seine Kreditkarten zugreifen. „Was hältst
du davon: Ich gebe dir 20€ und dafür kehrst du heute für mich."

Dass der Student nicht sofort ablehnte, wertete Valentin zuerst
positiv, aber je länger Bader schwieg, desto deutlicher wurde,
dass er sich nicht mit den 5€ zufrieden geben würde.

Valentin konnte es ihm nicht verdenken. Während er selbst
hier nur ein kurzes Gastspiel hatte, saß Bader noch für ein paar
Jahre in dieser Wohnung fest. Vorausgesetzt, die Mitarbeiter seines Kredithais schlugen ihn nicht vorher schon zu Brei. An seiner Stelle würde Valentin auch versuchen, aus jeder Gelegenheit
den größten Profit zu schlagen.

„Für 40€ bekommst du die Schlüssel und ich kehre den Teppichboden bis zum Ende der Woche", bot Bader ihm schließlich an.
Er steckte die Hände in die Hosentaschen und sah Valentin direkt an. „Das befreit dich aber nicht davon, den Müll vor die Tür
zu bringen, das Bad und die Küche zu putzen und wenn wir damit dran sind, das Treppenhaus. Außerdem hast du scheinbar
kein eigenes Geschirr. Falls du meines mitverwenden willst,
kostet das extra."

Ein wenig fühlte sich Valentin, als sei er auf einem türkischen
Basar gelandet. Aber eines musste er Bader lassen: beim Handeln
stellte er sich gar nicht mal ungeschickt an; oder zumindest weit
geschickter, als er es dem Studenten zugetraut hätte.

Valentin verschränkte die Arme vor dem Oberkörper und lehnte sich mit der Schulter gegen die Wand. „Für das Geschirr bekommst du keinen Cent von mir. Ich besorge mir mein eigenes.
Vielen Dank auch." Er stieß sich von der Wand ab und ging zu
seinem Schlafplatz, wo er das Schwein anhob und den Gummi-

stöpsel aus dem Boden löste. Dann angelte er einen der beiden Geldscheine heraus und stopfte den Stöpsel wieder ins Loch. Mit dem Schein in der Hand kehrte er zu seinem Mitbewohner zurück.

„Fünfzig Euro für eine Woche kehren, Müll hinaus bringen und putzen. Nimm es oder lass es." Er streckte Bader den Schein entgegen, hielt ihn aber gut fest. Wieder sah er das gefährliche Funkeln in den Augen des Studenten, dieses Mal aber noch flüchtiger als zuvor.

Bader nickte. „Einverstanden. Alles bis zum Ende der Woche, also Freitag. Am Wochenende habe ich eine Doppelschicht." Er nahm das Geld entgegen und steckte es in seine Hosentasche. „Übrigens: du solltest deine Toastpackungen lieber in den Kühlschrank stellen und ihn wieder gut verschließen, sonst kriechen dir die Ameisen in die Tüte."

Valentin hob beide Augenbrauen an und schüttelte bedächtig den Kopf. „Ameisen? In der Wohnung?" Er schnaubte. „Ein gut gemeinter Rat: Du solltest die 50€ in einen Kammerjäger investieren."

„Als ob sich das lohnen würde", erwiderte Bader und winkte ab. „Aber wo wir gerade dabei sind, Ratschläge auszutauschen: du solltest mit deinem Geld besser haushalten, sonst stehst du bald mit leerem Magen da. Selbst dann wird dein Geld nicht bis in alle Ewigkeit reichen. Such dir einen Job. Wenn du willst, kann ich bei Jerry fragen, ob er was für dich hat."

„Ich dachte du studierst Jura", erwiderte Valentin, ohne auf Baders Ratschläge einzugehen. Darauf konnte er gut verzichten.

Bader warf einen Blick auf seine Armbanduhr. Das Glas war zerkratzt und matt, das Lederarmband abgewetzt. „Das tue ich auch. Aber ich muss meine Schulden zurückzahlen und daneben noch von etwas leben. Ich habe zwei Nebenjobs. Mein Wochenendjob ist nichts für dich, aber bei Jerry könntest sogar du dich vielleicht nützlich machen. Ich habe die Bilder im Haus deines Vaters gesehen. Euer Butler sagte, die seien von dir."

„Und dieser Jerry besitzt eine Galerie? Wie lautet sein Nachname? Vielleicht habe ich bereits mit ihm gearbeitet."

Für einen kurzen Augenblick sah Bader ihn ungläubig an, dann prustete er ungehalten los. Er lachte so sehr, dass er fast den Stil des Teppichkehrers losgelassen hätte, während er mit dem anderen Arm seine schmerzenden Rippen hielt. Es dauerte eine ganze Weile, bis der Student sich wieder beruhigte. „Ähm, nein", brachte Bader schließlich hervor, wobei er noch immer vereinzelt kicherte. Er wischte sich einige Tränen aus den Augenwinkeln. „Jerry ... nun, sagen wir: er stellt Kunstgegenstände her. Korrigiere: er lässt herstellen. Du kannst mitkommen und dir alles ansehen, ich gehe jetzt los."

„Hm. Ein andermal vielleicht", erwiderte Valentin. Er drehte sich um und ging zu seiner Matratze. Dort legte er sich mit dem Gesicht zur Wand nieder und schloss die Augen.

„Wer nicht will ...", murmelte Bader und entfernte sich mit zügigen Schritten Richtung Tür.

5

Zwei Tage lang passierte nichts. Oder vielmehr: immer genau das Gleiche: Niklas Bader kam mitten in der Nacht von
der Arbeit nach Hause, aß kurz etwas in der Küche und
schlief anschließend leise schnarchend auf seiner Matratze.
Früh morgens stand er dann beim ersten Weckerklingeln
auf und verschwand für fast eine halbe Stunde im Badezimmer. Danach kehrte er mit dem Gerät den Teppichboden
und öffnete das Fenster, um frische Luft herein zu lassen.
Danach eilte er in die Küche und schmierte sich eine Scheibe Toast. Dazu trank er Pulverkaffee. Bevor er die Wohnung verließ, schloss er das Fenster wieder.

Vormittags und den Großteil des Nachmittags hatte Bader
Vorlesungen, Seminare oder Praxisübungen, wie Valentin
herausgefunden hatte. Im Anschluss daran kam Bader kurz
nach Hause, um zu duschen und eine weitere Portion Toast
und Kaffee zu sich zu nehmen, bevor er zur Arbeit ging. Er
verließ die Wohnung nie mit leeren Händen. Meistens hatte er einen alten Rucksack über der Schulter und eine Mülltüte in der rechten Hand. Der meiste Müll darin stammte
von Valentin.

Valentin hingegen lag hauptsächlich auf seiner neuen Matratze und dachte nach. Wenn er aufstand, dann holte er etwas zu essen aus seinem Vorrat in der Küche. Er stand
häufiger auf, als geplant – schließlich gab es sonst nichts zu
tun – und somit schrumpfte sein Vorrat weit schneller, als
gedacht.

Sein Toast war den Ameisen zum Opfer gefallen, da er sich
nicht an Baders Ratschlag gehalten hatte. Sorgen machte er

sich deshalb aber nicht. Es würde schon reichen und falls nicht hatte er immer noch fünfzig Euro in dem albernen Sparschwein. Zwei Mal klopfte er an Frau Thalers Tür. Ein Mal war sie nicht zu Hause, das andere Mal ließ sie ihn kurz herein. Sie gab ihm wieder ein wenig Kuchen und eine Tasse richtigen Kaffees. Aber dann musste sie los, um ihre Nachbarin zu besuchen. Den Komfort ihres Sofas konnte er folglich nicht lange genießen und was Bader betraf erhielt er auch keine neuen Informationen.

Die wenigen Gelegenheiten, die sich Valentin boten, Bader in ein kurzes Gespräch zu verwickeln, um ihn ein wenig über die Sache mit dem Stipendium zu löchern, scheiterten ein ums andere Mal an Baders trotzigem Schweigen. Seit dem Zwischenfall im Badezimmer hatte der Student kein Wort mehr mit Valentin gewechselt. Alles in allem war seine Zeit in der Katharinenstraße zermürbend ereignislos und langweilig.

Am Abend des zweiten auf diese Weise verstrichenen Tages überlegte Valentin schließlich ernsthaft, wie er seinen Vater zu einer Rückholaktion manipulieren könnte, die sie beide das Gesicht wahren ließ. Ferdinand hatte leider auch das Handy seines Sohnes vollständig sperren lassen, ihm ein Bild mit der netten Unterschrift „Klasse Schlafsaal mit Streichelzoo voller kleiner Kriechtiere und Nager" zu schicken fiel daher flach. Vielleicht sollte er ...

„Oh mein Gott! Kilian!"

Frau Thalers schriller Aufschrei riss Valentin aus seinen Gedanken. Er sprang auf die Füße und rannte zur Tür. In seiner Aufregung vergaß er ganz, dass er Herr von Walden lieber nicht über den Weg laufen wollte. Hastig sperrte Valentin die Wohnungstür auf und stolperte beinahe in eine vor Sorge blasse Frau Thaler und einen ramponierten Bader. Irritiert sah er von der Frau zum Studenten und sagte: „Ich dachte, Herr von Walden ..."

„Ich brauche keine Hilfe. Schon gar nicht von ihm", schnitt Bader ihm das Wort ab. „Außerdem sind die Fenster oben dunkel, er ist also ohnehin nicht zu Hause." Er stand schief ihm Flur und hielt sich den linken Arm. Sein blondes Haar war noch zerzauster, als sonst, und an seiner rechten Schläfe formte sich eine dunkelrote Blutkruste.

Frau Thaler war jedoch nicht bereit, schnell aufzugeben. Sie hielt den jungen Mann an der rechten Schulter fest, musterte seine neuen Verletzungen kritisch und ein wenig gefasster. Dann räusperte sie sich. „Trotzdem könnten wir nach oben gehen. Herr von Walden hat noch aus der Zeit der Renovierung wegen Richards zweier linker Hände einen gut ausgestatteten Erste-Hilfe-Kasten mit Verbandszeug, Desinfektionsmittel und was man sonst braucht. Er hat bestimmt nichts dagegen, wenn wir ..."

Bader schüttelte energisch den Kopf und sah Frau Thaler fest entschlossen an. „Danke für Ihre Sorge, aber: nein. Guten Abend, Frau Thaler." Damit löste er sich vorsichtig, aber entschieden von ihr und schob sich an Valentin vorbei in die Wohnung hinein. Seine Schritte waren ungleichmäßig, er humpelte leicht.

„Was ist passiert?", fragte Valentin mit gesenkter Stimme.

„Ich weiß es nicht", flüsterte Frau Thaler zurück. Sie presste die Lippen fest aufeinander, atmete tief durch, zupfte ein paar unordentliche Strähnen zurecht und fuhr dann leise fort: „Ich bin gerade im Flur fast in ihn hinein gerannt. Er nuschelte irgendetwas von einer Handtasche und einer alten Frau und zwei Kerlen mit Messern. Das macht er immer wieder – sich mit solch unnötigen Sachen in Gefahr bringen. Das ist nicht gut. Das macht doch keiner, der nicht lebensmüde ist. Da ruft man die Polizei und wartet, bis jemand zu Hilfe kommt ...", murmelte Frau Thaler.

In diesem Augenblick ging die Haustür auf und ein älterer, wohl gekleideter Herr in altmodischem, schwarzem Anzug und gewienerten Schuhen trat ein. Er nahm den Hut vom Kopf, musterte sie beide kritisch und fragte dann sehr laut: „Wer ruft die Polizei?"

Frau Thaler ließ die Schultern hängen. „Keiner. Das ist ja das Problem." Sie seufzte ein letztes Mal, bevor sie sich abwandte und und ebenfalls recht laut sagte: „Komm schon, Leonhard, gehen wir! Ich muss das Essen zubereiten! Hast du auch alles gekauft, was auf der Liste stand?"

Der Mann namens Leonhard setzte sich in Bewegung und hob dabei den schweren Korb demonstrativ ein Stück weit hoch. „So viel Kram braucht sonst keiner zum Kochen. Meine Mutter, die konnte einen Braten machen, dazu musste sie nur ..."

Die Tür fiel hinter dem ungleichen Gespann ins Schloss und ließ Valentin alleine im Flur zurück. Unschlüssig stand er einen Augenblick lang auf dem abgenutzten Teppich zwischen den Wänden mit den verblassten Blümchentapeten und fragte sich, was er tun sollte. Einen Krankenwagen rufen? Oder vielleicht lieber seinem Hausarzt Bescheid geben?

Schließlich betrat er die Wohnung und zog die Tür hinter sich zu. Er fand den Studenten im Badezimmer auf dem Toilettendeckel sitzend vor. Bader versuchte gerade auf recht umständliche Art und Weise aus seiner Jacke zu kommen: Seinen linken Arm hielt er angewinkelt eng an sich gepresst, während er den rechten Arm im Ärmel schüttelte und immer wieder mit den Fingerspitzen zu ziehen versuchte, um sich von dem Kleidungsstück zu befreien.

Nachdem Valentin Bader ein paar Minuten bei seinem erfolglosen Bemühen zugesehen hatte, entschied er, dem Trauerspiel ein

Ende zu bereiten und zwängte sich zu ihm in das kleine Badezimmer. Ja, er war verdammt sauer, dass sein Vater ihn vor die Tür gesetzt und in eine Zwangs-WG mit Bader verbannt hatte und hätte Bader sich nicht auf den Handel eingelassen, würde Valentin vermutlich immer noch zu Hause wohnen, in seinem eigenen Bett schlafen und jeden Tag bekocht werden.

Aber offensichtlich hatte Bader sich für eine alte Dame in Not eingesetzt und das war ehrenwerter als alles, was Valentin je getan hatte. Also konnte er wenigstens einmal kurz versuchen, nett zu ihm zu sein und über sein dickköpfiges Schweigen der letzten Tage hinwegsehen.

Testweise.

Valentin beugte sich zu ihm herunter und griff zuerst nach dem rechten Jackenärmel. „Hat sich die Dame wenigstens für die Rettung ihrer Handtasche bedankt?", fragte er dabei und ignorierte den mürrischen Blick, den ihm sein Gegenüber daraufhin zuwarf. Behutsam half er ihm auch noch aus dem linken Ärmel, was allerdings etwas mehr Zeit beanspruchte.

„Das Studium und die beiden Jobs lasten dich also nicht genügend aus. Jetzt musst du auch noch den Retter der Alten, Witwen und Waisen spielen", fuhr Valentin spottend fort. Bader musste ja nicht wissen, dass er den selbstlosen Einsatz seines Mitbewohners beeindruckend fand. Dämlich und lebensmüde, sicherlich, aber trotzdem beeindruckend.

Baders Sweater war arg in Mitleidenschaft gezogen worden und wies mehrere Risse auf. Außerdem war das Messer, das den Jackenärmel aufgeschlitzt hatte, auch durch den Sweater und noch tiefer gedrungen. Einer der Gründe, weshalb Bader den Arm nicht bewegen wollte.

„Flussstadt war früher einmal eine paradiesische Siedlung, aber heute werden da alte Frauen auf offener Straße überfallen. Zum Kotzen ist das", knurrte Bader ungewohnt aggressiv.

So hatte Valentin den Studenten bisher noch nicht erlebt. Da lag eine derartige Verachtung und Wut in den Worten, dass Valentin froh war, vollkommen unschuldig zu sein.

Statt auf die Aussage einzugehen, entnahm Valentin der einzigen Schublade im Badezimmer eine Schere und setzte sie am unteren Saum des roten Sweaters an.

„He – was wird das?", fragte Bader und riss entsetzt die Augen auf. „Du kannst mein Sweatshirt nicht zerschneiden! Das war teuer!" Er legte seine gesunde Hand auf Valentins und hielt ihn dadurch vom Schneiden ab.

„Und jetzt ist es kaputt. Komplett hinüber. Es hat Löcher und ist eingerissen. Und es stört mich beim Verarzten deiner Wunde. Das Ding kannst du nur noch in die Tonne werfen." Was für ein Aufschrei wegen eines blöden Kleidungsstücks. Wenn Valentin sich jedes Mal dermaßen über ein kaputtes Hemd aufgeregt hätte, bei all den Löchern und nicht mehr auswaschbaren Flecken, die sein künstlerisches Schaffen schon verursacht hatte, wäre er zu nichts anderem mehr gekommen. Ja, auch er hatte ein paar Lieblingsklamotten. Aber kaputt war nun einmal kaputt.

Bader aber blieb unbeirrt. Er schüttelte energisch den Kopf und erwiderte: „Das kann ich nähen."

Valentin rollte mit den Augen. Diskutierte er gerade mit Bader tatsächlich wegen eines alten, abgenutzten und nun auch noch durchlöcherten Sweaters? Was stimmte nicht mit dem Kerl? Ravioli aus der Dose zu essen und den Boden mit einem obskuren, stromlosen Gerät zu säubern, um Geld zu sparen, war eine Sache. Aber bei einem durchlöcherten Kleidungsstück auch nur eine Sekunde zu überlegen, es zu flicken ... „Das ist die Mühe nicht wert", meinte Valentin, die Schere immer noch fest in der

Hand. „Geh ins nächste Kaufhaus und besorge dir einen Ersatz."

„Ich habe kein Geld, um den Sweater zu ersetzen", quetschte Bader zwischen den Zähnen hindurch. „Ich nähe ihn auf jeden Fall. Schneid bloß nicht rein."

„Verdammt nochmal, dann zieh halt einen anderen an!", herrschte Valentin ihn unwirsch an, dessen Geduldsfaden nun endgültig riss. „Warum muss es unbedingt der hier sein? Hast du keinen anderen roten? Oder hat dir den hier deine Mama gestrickt? Sag mir einfach, wo du deine anderen Klamotten hast und ich bring dir einen!"

Schweigen.

Bader senkte den Blick auf seine Hand. Er schluckte. „Das … das ist mein einziger", murmelte er leise, irgendwo zwischen Wut und Scham.

Für einen kurzen Moment blieb Valentin die Luft weg. Er hielt den Atmen an, während er krampfhaft überlegte, was er sagen sollte.

Nur einen.

Verdammt.

Nur einen einzigen?

Das war doch … keiner konnte mit nur einem … er musste doch wenigstens …

Valentin schluckte, holte tief Luft. Als er wieder ausatmete, stach etwas zwischen seinen Rippen. „Ich besorge dir morgen einen neuen", sagte er sehr viel leiser, als noch gerade eben.

Bader schien ernsthaft darüber nachzudenken. Nach einer Weile fragte er: „Was soll ich dann aber heute zur Arbeit anziehen?"

„Zur Arbeit?" Valentin lachte auf. „Soll das ein Witz – nein. Das ist dein Ernst." Das war doch absurd. Noch zehn, zwanzig Minuten und Bader würde sich nicht einmal mehr aufrecht halten können. Sobald alles Adrenalin verpufft war, schlief er vermutlich im Sitzen ein. Arbeiten? Nein, arbeiten stand ganz sicher nicht zur Debatte. „Vergiss es. Melde dich krank."

„So ein Job ist das nicht." Bader biss die Zähne zusammen und ballte seine gesunde Hand zur Faust. Er schloss die Augen und wartete leise knurrend, bis die neue Schmerzwelle abebbte. Dann streckte er den rechten Arm aus, öffnete eine Tür am Badezimmerschrank und fischte eine frische Packung Schmerzmittel heraus. „Ich kann mich nicht krank melden", setzte Bader zu einer Erklärung an, während er versuchte, an den Inhalt der Schachtel zu gelangen. „Wenn ich heute nicht pünktlich zum Arbeiten auftauche, bekommt ganz einfach ein anderer meinen Platz. Das kann ich nicht riskieren, ich brauche das Geld und Jerry zahlt verdammt gut."

„Für die Herstellung von Kunstgegenständen." Valentin legte die Schere vorerst beiseite und rollte das Oberteil samt darunter befindlichem T-Shirt hoch. Bader zuckte kurz zusammen, ließ die Prozedur dann jedoch über sich ergehen. Der Brustkorb des Studenten war von einer Vielzahl an blauen Flecken und Rötungen bedeckt, die größtenteils sehr neu aussahen. Allerdings befanden sich auf der linken Seite entlang der Rippenbögen einige gelblich-braune Blutergüsse, die definitiv mehrere Tage alt waren und von Baders Keredithai stammen mussten.

„Was für einen Sinn hat es bei der Arbeit aufzutauchen, wenn du dann nicht arbeiten kannst? Du kannst doch kaum gerade sitzen und bekommst nicht einmal die Tabletten aus der Verpackung. Heute gehst du ganz sicher nicht zur Arbeit. Vermutlich die ganze nächste Woche nicht."

„Ich kann nicht nicht hingehen", widersprach Bader zornig. Er donnerte die Packung gegen die Wand, schob mit seiner gesunden Hand seinen Sweater nach unten und wollte aufstehen. Dabei stieß er sich allerdings seinen verletzten Arm am Waschbecken. Er stöhnte auf und sank zurück auf den Sitz, während frisches Blut aus der Schnittwunde am Arm lief. Sein Gesicht wurde noch eine Spur blasser.

Valentin nutzte die Wehrlosigkeit seines Gegenübers und griff nach der Schere. Ritsch, ratsch und schon war das gute Stück nicht mehr zu retten. Valentin ignorierte die Flüche, die Bader durch seine zusammengepressten Zähne und Lippen quetschte. Er zerschnitt den Stoff von unten bis nach oben zum Hals. Dann zog er zuerst die rechte Hälfte von Baders Arm und anschließend äußerst behutsam die linke. Erst dann hob er die Schachtel auf, drückte eine Tablette aus der Kabine und reichte sie dem Studenten, der sie ohne Wasser hinunter schluckte.

In der Zwischenzeit musterte Valentin ihn erneut. Auch das weiße T-Shirt war an mehreren Stellen eingerissen und mittlerweile ein wenig mit Blut verschmiert. Es schienen keine allzu großen Verletzungen zu sein, aber versorgt werden mussten sie trotzdem. Valentin sah sich in dem kleinen Raum um, fand aber nichts, das ihm zugesagt hätte. „Sitzen bleiben", ordnete er deshalb im Befehlston an und verließ zuerst das Bad und dann die Wohnung.

Als er wenig später an Frau Thalers Tür klopfte, öffnete der ältere Herr im tadellosen Anzug und betrachtete ihn mit seinen großen, runden Augen. „Sie wünschen?", fragte er und blinzelte irritiert.

„Frau Thaler. Ich muss sie sprechen", antwortete Valentin und fügte dann hinzu: „Bitte."

Für einen kurzen Moment hob der Butler beide Brauen an und warf einen abschätzigen Blick auf Valentin, doch dann seufzte er resigniert deutlich hörbar und rief laut: „Rosalia? Ein junger Herr möchte dich gerne sprechen." Er wartete, bis Frau Thaler angerannt kam und ihn dann mit einem Nicken entließ.

Als Leonhard verschwunden war, wandte sie sich Valentin mit besorgter Miene zu. „Wie geht es ihm?"

„Er wird es schon überleben", erwiderte Valentin mit einem beruhigenden Lächeln. „Aber der Erste-Hilfe-Kasten, den Sie erwähnt haben, den könnte ich gut gebrauchen. Er hat nichts in der Wohnung, mit dem ich die Wunden versorgen kann."

Frau Thaler nickte und nahm in einer flüssigen Bewegung und ohne nachdenken zu müssen einen der dutzenden Schlüssel vom Schlüsselbrett neben ihrer Tür; es handelte sich dabei um ein rechteckiges Stück Holz, darauf ein hübscher, weißer Anker auf blau gestrichenem Hintergrund, daneben in ordentlichen Buchstaben, ebenfalls in strahlend weißer Farbe, das Wort „Ankerplatz".

Die Köchin trat auf den Gang hinaus und begann mit dem Aufstieg in das Obergeschoss. „Komm mit nach oben, dann können wir alles Nötige holen."

Valentin unterdrückte mühevoll ein gequältes Stöhnen.

Er wollte nicht nach oben.

Er wollte nicht in diese wunderbare Wohnung mit den interessanten Büchern und den Sesseln und dem Sofa und dem Atelier.

Er wollte nicht all das sehen, was er hätte haben können; aber ihm blieb nichts anderes übrig, denn noch weniger wollte er, dass Baders Verletzungen sich entzündeten oder Bader das ganze Wohnzimmer voll blutete, also folgte er Frau Thaler widerstrebend die Stufen nach oben.

Trotz fehlenden Sonnenlichts und Kaminfeuers strahlte die Wohnung noch immer Wärme und Behaglichkeit aus. Valentin hatte allerdings kaum Zeit, sich darüber zu ärgern.

Frau Thaler steuerte direkt auf das Badezimmer zu, öffnete die Tür und trat ein. Ihre Schuhe klackten auf den Fliesen, als sie zur Schrankwand ging und eine der Schubladen öffnete. „Hier irgendwo muss es sein. So eine grüne Box."

Auch Valentin zog eine Schublade auf, doch aus den Augenwinkeln betrachtete er dabei das Badezimmer. Es war nicht sonderlich groß, beinhaltete keinen Whirlpool oder eine verspiegelte Decke oder andere Dinge, die sich Leute mit zu viel Geld gerne in ihr Badezimmer einbauen ließen, aber im Vergleich zu dem winzigen Kämmerchen im Erdgeschoss wirkte es riesig und außerordentlich luxuriös. Sie konnten sich hier zu zweit bewegen, ohne dabei Gefahr zu laufen, gegen einander oder eines der Möbelstücke zu stoßen. Neben einer breiten Duschkabine fand sich auch eine geräumige Badewanne, deren geschmeidige und weiche Konturen sehr verlockend wirkten.

Was hätte Valentin dafür gegeben, sich eine Stunde in die Wanne legen zu dürfen, ein wenig leise Musik dazu oder vielleicht ein gutes Buch. Oder auch schlichtweg die Augen schließen und die Hitze genießen … Valentin konnte sich in der Badewanne liegen sehen, das Wasser bis ans Kinn, die Zehenspitzen lugten heraus, Schaum bedeckte die Oberfläche.

Genervt schnaubte Valentin und schüttelte den Kopf, um die Badewannenbilder daraus zu verdrängen. Seine Hände wanderten über weitere Schubladengriffe, während er das Bad musterte. Es gab noch zwei Waschbecken, unter denen ein massiver Unterschrank stand. Das meisterliche Werk ei-

nes Schreiners, nicht Marke Bausatz eines gewissen Massenmö-
belherstellers. Die Schubladen glitten leise und auf gepolsterten
Rollen auf und waren ordentlich sortiert eingeräumt.

Alles schien seinen ganz speziellen, eigenen Platz zu haben. Allein der Inhalt einer einzigen Schublade hätte das Fassungsver-
mögen der Möbel des Bads im Erdgeschoss bereits überstiegen.

Schon eine Schweinerei, dass der Herzog hier oben im Luxus
schwelgte, in einer bis ins letzte Detail renovierten und sanier-
ten Wohnung, während er im Erdgeschoss Bader in einem dre-
ckigen, miefenden, schimmeligen Loch hausen ließ und dafür
auch noch horrende Summen an Miete verlangte.

Nun gut.

Genau genommen wusste Valentin gar nicht, wie viel Miete Bader überhaupt bezahlte. Vielleicht war es nicht direkt horrend.
Aber das spielte auch überhaupt keine Rolle, hier ging es allein
ums Prinzip. Und jeder einzelne Euro war ein Euro zu viel für
diese gruselige Bruchbude.

Valentin schnaubte und versuchte sich auf seine eigentliche
Aufgabe zu konzentrieren, schließlich würde er später noch genügend Zeit haben, sich über die Ungerechtigkeiten dieser Welt
aufzuregen. Erst einmal musste er sich um Bader kümmern. Er
ging in die Knie und öffnete eine der Türen des Unterschranks.
Der Duft frisch gewaschener und weichgespülter Handtücher
schlug ihm entgegen, eine leichte Meeresbrise, ein Hauch von
Salz und Wellen. Sie sahen so flauschig und unberührt aus, dass
Valentin nur schwer dem Drang widerstehen, konnte sie anzu-
fassen und an sein Gesicht zu drücken.

Als er die nächste Tür öffnete, fand er dafür gleich mehrere Kästen: rote, grüne und blaue. Alle hatten das unverkennbare weiße Kreuz auf der Seite und dem Deckel. Frau Thaler hatte nicht
übertrieben, der Herzog war tatsächlich sehr gut ausgestattet,
was Erste-Hilfe-Material betraf. Immerhin, ein Lichtblick.

Valentin holte alle fünf Verbandskästen hervor und stellte sie auf dem Badewannenrand ab. Er überflog den Inhalt einer jeden Box und entschied sich für eine grüne und eine blaue. Den Rest packte er wieder zurück.

„Braucht ihr noch etwas anders?", fragte Frau Thaler, während sie ihn aus der Wohnung begleitete. Sie schien keinerlei Gewissensbisse zu haben oder moralische Zwickmühlenkonflikte auszutragen, obwohl sie Valentin unerlaubt in die Wohnung des Herzogs ließ und auch noch dazu angestiftet hatte, einige Dinge zu entwenden. Aber vermutlich würde die Köchin trotz aller Hilfsbereitschaft darauf bestehen, dass Valentin alles, was er sich nun auslieh, auch wieder zurückbrachte oder ersetzte. Was ganz sicher nicht passieren würde, eher würde er die Luft anhalten, bis er blau anlief und umfiel.

Das jedoch behielt er vorerst lieber für sich.

„Kühlbeutel", antwortete Valentin stattdessen und dachte dabei an Baders geprellte Rippen.

Frau Thaler griff nach den Verbandskästen und reichte Valentin dafür den Wohnungsschlüssel. „Im Kühlschrank ist ein Gefrierfach. Ich bin mir sicher, darin findest du ein paar Kühlbeutel. Ich bring schon einmal die Kästen nach unten. Sieh zu, dass du die Tür ordentlich hinter dir abschließt. Knall sie fest zu, sonst rastet sie nicht richtig ein, sie ist ein wenig verzogen." Ohne auf seine Antwort zu warten, ging Frau Thaler nach unten.

Valentin durchquerte die Wohnung und blieb vor dem beigefarbenen, mannshohen Kühlschrank stehen.

Ein richtiger Kühlschrank.

Für richtig viele Lebensmittel.

Er seufzte kurz, dann öffnete er ihn. Eine Lampe sprang an und erleuchtete das bunte Innenleben. Sorgfältig sortiert tummelten sich auf verschiedenen Ebenen Gemüse, Fisch, Brotaufstriche und bunte, hübsch beschriftete Becher und Dosen. Valentin zog die Schublade des Gefrierfachs heraus, auf der „Diverse Gefrierakkus" stand und entnahm ihr zwei Kühlbeutel.

Anstatt mit ihnen nach unten zu gehen, legte er sie auf der Arbeitsplatte der nach Honig duftenden Küchentheke ab. Er ging ins Badezimmer und öffnete den Unterschrank, um dann mit zwei der flauschigen Handtücher in die Küche zurück zu kehren die Kühlbeutel darin einzuwickeln. Man durfte die Kühldinger schließlich nicht auf ungeschützte, bloße Haut legen. Und wenn dann nach dem Waschen eines oder auch beide Handtücher nicht mehr den langen Weg aus dem Erdgeschoss die Treppen hinauf in die obere Etage fanden, war das halt Schicksal.

Valentin schob die Schublade wieder zu und zögerte kurz. Dann entnahm er dem Kühlschrank ein großes Stück Hartkäse, zwei gekochte Eier, eine riesige Gurke und eine kleine Schale mit Minitomaten. Wie ermahnt zog er die Tür mit ordentlich Kraft zu und schloss sie dann hinter sich ab, bevor er langsam die Stufen ins Erdgeschoss hinunter stieg.

Die Tür zu Baders Behausung stand auf. Valentin hörte Frau Thaler, die mit leiser Stimme auf Bader einredete, konnte aber nicht verstehen, was sie zu ihm sagte. Vermutlich redete sie dem Studenten ins Gewissen, er solle doch ins Krankenhaus gehen und sich untersuchen lassen. Oder wenigstens einen Allgemeinarzt aufsuchen.

Auf Zehenspitzen schlich sich Valentin in die Küche und verstaute die Beute dort im Kühlschrank mitsamt einem der Kühlbeutel und einem Handtuch. Auch, wenn es sich beim Raub der Lebensmittel um Mundraub handelte, war er sich nicht sicher, ob Frau Thaler es gutheißen würde. Mit dem jeweils anderen

Exemplar von Handtuch und Kühlbeutel marschierte er zum Badezimmer.

Bader saß noch immer dort, wo Valentin ihn zuvor zurückgelassen hatte. Allerdings presste er nun seine rechte Hand gegen die Wunde am linken Oberarm. Frau Thaler stand im Türrahmen und schüttelte den blonden Kopf, während sie sagte: „...nicht so unvernünftig. Nur eine Nacht im Krankenhaus, mehr will ich doch gar nicht."

Valentin räusperte sich. „Keine schlechte Idee." Er zwängte sich an Frau Thaler vorbei und kniete sich vor Bader. Vorsichtig hob er das T-Shirt an und schob den in das weiche Handtuch gewickelten Kühlbeutel darunter. Er spürte, wie Bader erneut zusammenzuckte.

„Danke für Ihre Sorge, Frau Thaler. Aber es ist nicht weiter schlimm. Entschuldigen Sie bitte die Aufregung. Ich hoffe, Sie haben trotzdem noch einen schönen Abend", erwiderte Bader mit einem bemüht freundlichen Lächeln.

Die Köchin öffnete sofort den Mund, als wollte sie ihm ein weiteres Mal widersprechen, presste dann jedoch die Lippen fest aufeinander, nickte knapp und verließ tatsächlich die Wohnung. Als die Wohnungstür ins Schloss klickte, atmete Bader erleichtert auf. „Sie ist ja nett, aber manchmal ein wenig zu fürsorglich."

„Hm." Valentin griff nach Baders rechter Hand und zog sie von der Wunde. Er legte sie stattdessen auf den unter dem T-Shirt platzierten Kühlbeutel. „Halt mal", sagte er und warf einen genaueren Blick auf den Schnitt. Er hatte nicht den geringsten Hauch einer Ahnung, wie die Verletzung zu behandeln war.

Natürlich wusste Valentin, dass offene Wunden desinfiziert und steril abgedeckt werden mussten. Aber damit war auch schon das Ende der Fahnenstange erreicht. Er selbst hatte sich zwar bei der Arbeit an seinen Skulpturen immer wieder auf verschiedene Arten verletzt, war auch einmal mehrere Meter von einer Leiter herunter gefallen, doch behandelt hatte die Wunden stets sein Hausarzt. Außer im Falle des Leitersturzes, da war er mit Krankenwagen, Sirenen und in Begleitung eines Notarztes ins nächste Krankenhaus gebracht worden.

„In dem blauen Kasten müsste eine grünliche Flasche sein. Damit kann ich den Schnitt reinigen. Dann brauche ich eine Kompresse und Verbandsmull", unterbrach Bader seine Gedanken.

Valentin hob überrascht eine Augenbraue. „Studierst du im Nebenfach Medizin?"

„Bei Erste-Hilfe-Kursen bekommst du fünf Euro die Stunde, wenn du dich den Teilnehmern als geduldiges Versuchskaninchen zur Verfügung stellst. Und du bekommst du Kaffee und Kekse." Bader verzog das Gesicht, verlagerte sein Gewicht, suchte nach einer bequemeren Postion, schien jedoch keine zu finden. „Also gut, wie gesagt, ich brauche ..."

„Du brauchst gar nichts", widersprach Valentin und warf einen skeptischen Blick auf die geöffneten Verbandskästen. „Ich mache das. Sag mir einfach, was ich tun soll. Du kannst dir schließlich schlecht selber einen Verband anlegen."

Unter Baders knapper Anleitung versorgte Valentin die Schnittwunde am Arm, eine Platzwunde am Kopf und die Abschürfungen an den Händen und Fingerknöcheln, wodurch am Ende ein weißer Verband Baders Oberarm zierte, eine mit Klebeband fixierte Kompresse seine Schläfe und weitere weiße Verbände seine beiden Hände.

„Fertig. Jetzt musst du mir nur noch eines erklären", sagte Valentin und sah Bader direkt ins Gesicht.

„Ach ja? Was denn?"

„Wie du mit all dem und ohne Sweatshirt arbeiten willst."

6

Bader war alles andere als begeistert gewesen, hatte aber letztlich nachgegeben. Der lädierte Student rief Jerry an und erklärte ihm seine Situation: dass er selbst arbeitsunfähig war, aber ein hervorragender Zeichner zur Verfügung stand, der ihn während seiner Genesung vertreten wollte. Der Zeichner konnte schon an diesem Abend mit der Arbeit loslegen, falls Jerry Bader dafür seinen Arbeitsplatz zusicherte.

Jerry ließ sich auf den Handel ein, allerdings unter der Bedingung, Valentin für diesen Abend nicht zu bezahlen, sollte er mit dem Ergebnis unzufrieden sein. Das wiederum sorgte bei Valentin nicht gerade für Begeisterung. Er musste an all die Praktikanten denken, von denen es immer hieß, dass sie unentgeltlich über Wochen und Monate hinweg für ein Unternehmen arbeiteten und dann wieder rausgeschmissen wurden, wenn es an der Zeit war, ihnen Bares in die Hand zu drücken.

Aber Bader versicherte ihm, dass Jerry eine ehrliche Haut war und ihn ganz bestimmt, wenn denn überhaupt, nur diesen einen Abend nicht bezahlte. Entweder, Valentin hatte dann den Job oder nicht.

Trotzdem weigerte Valentin sich, Baders Fahrrad zu nutzen, das aussah, als könnte es bereits ein zierlicher, darauf zur Rast landender Schmetterling zum Einsturz bringen, oder auf ein Öffentliches Verkehrsmittel zurückzugreifen. Viele Menschen auf engem Raum, die alle husteten, niesten, laut in ihre Handys redeten oder Klingeltöne ausprobierten, das war nicht gerade seine Vorstellung eines adäquaten Fortbewegungsmittels. Darüber stritt er mit Bader beinahe eine halbe Stunde, bis es ohnehin schon zu spät war, um mit einer Tram noch pünktlich anzukommen.

Valentin schnappte sich also vor der Haustür ein Taxi und nannte dem Fahrer die Adresse. In seiner Manteltasche steckten die letzten fünfzig Euro, aber da er nun sein eigenes Geld verdiente, spielte dies keine Rolle mehr.

Zwar hatte er das mit Bader noch nicht besprochen, aber falls ihm die Arbeit bei Jerry zusagte und der Student wieder auf den Beinen war, wollte Valentin zusehen, dass er dort ebenfalls unterkam. Gegen Lohn jeden Abend ein paar Stunden zeichnen, ohne, dass es mit seinem Ruf als Künstler in Verbindung gebracht wurde, das war etwas, womit er sich sicherlich anfreunden konnte.

Na ja, wahrscheinlich.

Oder zumindest vielleicht.

Seltsam beschwingt eine Melodie summend bezahlte Valentin den Taxifahrer und gab ihm ein großzügiges Trinkgeld, als dieser ihn in einer der besseren, von altem Reichtum getragenen Wohngegenden der Stadt absetzte. Die Abendluft war kühl und frisch und roch nach Schnee und die bereits dunklen Straßen wurden von ganzen Heerscharen an Laternen beleuchtet. Valentin konnte sich gar nicht mehr daran erinnern, wann er zuletzt abends draußen unterwegs gewesen war. Zu Fuß. Alleine. Ohne Angst vor dem blendenden Blitzlichtgewitter der Paparazzi, den hasserfüllten Schreien und Drohungen militanter Tierschützer, den verachtenden Blicken entfernter Bekannter und Nachbarn.

In großen Schritten marschierte er befreit die hübsche Straße entlang und hielt Ausschau nach einem Laden, einer Galerie oder einer Werkstatt. Als an einem kleinen Häuschen in großen, geschwungenen Ziffern „81" stand, wurde ihm bewusst, dass er bereits an seinem Ziel vorbeigelaufen war. Verwirrt drehte er sich um und ließ seinen Blick schweifen. Nichts, das auch nur annähernd nach Arbeit aussah. Langsam marschierte Valentin zurück.

Hatte Bader ihm eine falsche Adresse gegeben? War es ein Zahlendreher, ein bloßes Versehen? Oder war es Absicht gewesen, um ihn loszuwerden? Hatte er ihn in die Pampa geschickt, während der Student selbst mit seinem Fahrrad zu Arbeit fuhr?

Dieser verdammte Mistkerl, hatte er wirklich …

Valentin blieb stehen und kniff die Augen zusammen.

69

Es handelte sich um ein freistehendes Einfamilienhaus mit zwei Stockwerken und einem perfekt gepflegten Vorgarten. Nichts wies darauf hin, dass sich hinter der burgunderfarben gestrichenen Haustür mit der Nummer 69 etwas Illegales abspielte. Valentin aber war sich ziemlich sicher, dass die auf ihn wartende Arbeit alles andere als mit den Gesetzen dieses Landes vereinbar war. Raubkopien anfertigen vielleicht. Oder Imitate für einen Versicherungsbetrug.

Einen Augenblick lang blieb er vor der rosenumrankten Tür stehen, bevor er die Klingel betätigte. Erfreulicherweise handelte es sich um keine Melodienklingel. Ein simples Ding-Dong drang gedämpft durch die breite Holztür. Wenige Sekunden später ertönten Schritte und eine mollige Frau mittleren Alters öffnete ihm die Tür. Ihre dunkelgrauen Augen musterten ihn eingehend, aber unaufdringlich, das freundliche Lächeln auf ihrem rundlichen Gesicht wurde noch etwas herzlicher. „Sie müssen Niklas' Freund sein. Vladimir?"

„Valentin", verbesserte Valentin sie und versuchte dabei seine Verwunderung zu verbergen.

„Valentin, hm, nicht gerade russisch, nicht? Klingt aber sehr harmonisch", erwiderte die Frau und trat beiseite. „Ich bin Alice. Treten Sie ein. Ihre Schuhe können Sie ruhig angezogen lassen. Ihren Mantel können Sie im Skizzenzimmer ablegen."

In einer eleganten Bewegung schloss Alice nahezu lautlos die Tür hinter Valentin und wies ihm dann den Weg durch einen breiten, aber trotzdem wohnlichen Hausflur: gepunktete Fußabstreifer mit Herzchen dazwischen am Boden, gefolgt von lilafarbenen Teppichen, einem hohen, quietsch pinken Schirmständer, Holzdekoration an den Wänden und ein altes Öllampensystem, das nicht nur weiches, gelbes Licht in den Gang verströmte, sondern auch den ganz eigenen Geruch von Tapeten und Großeltern.

Nichts hier wirkte auch nur annähernd ungewöhnlich. Wo standen denn die schmierigen Türsteher herum? Im Keller vielleicht? Wo waren die unzulänglich bekleideten jungen Frauen mit den operativ modulierten Brüsten und den zum Platzen aufgespritzten Lippen? Und wieso hatte ihn an der Tür niemand auf Waffen abgetastet oder nach versteckten Mikrofonen gesucht?

Schweigend folgte er Alice eine hölzerne Treppe hinauf. Sie durchschritten einen weiteren Flur, der völlig unspektakulär wirkte: ein großer, langer Teppich lag in der Mitte, flach gewebt, rechteckig, ein breiter dunkelbrauner Rand, der das beigefarbene Innere umschloss. Dunkelgrüne Zimmerpflanzen standen in dazu passenden Töpfen zwischen den Türen. Zwei Hängelampen aus beigefarbenen Papierstreifen tauchten den Gang in angenehmes Licht.

In diesem Haus hätte jederzeit eine Familie wohnen können. Zwei gut verdienende Elternteile, Ärztin und Anwalt vielleicht, zwei bis drei wohl erzogene Kinder, die bei Besuch artig die Hand schüttelten, höflich lächelten und ohne einen Mucks von sich zu geben auf ihrem Stuhl saßen, bis Erwachsener das Wort an sie richtete.

Der einzige Hinweis darauf, dass dem nicht so war, bildeten die flachen Metallschilder, die an den geschlossenen Türen angebracht waren.

Auf ihnen stand nicht „Lena" oder „Freddy", sondern „Skulpturenraum", „Tonstudio", „Bilderzimmer" und „Schnitzraum". An zwei der Türen hingen Schilder mit der Aufschrift „WC".

Alice führte Valentin eine weitere Treppe hinauf. Die Besitzer des Hauses mussten den Dachboden ausgebaut haben, um den zusätzlichen Platz dort nutzen zu können. Am oberen Treppenabsatz blieb die Frau stehen, an der einzigen Tür hing ein weiteres Schild. „Skizzenzimmer" stand in schlichten Buchstaben darauf geschrieben. Sie öffnete die Tür und knipste einen Schalter gleich neben der Tür an der Wand ein.

Valentin stellte fest, dass er Recht behalten sollte. Der Dachboden war zu einem einzigen großen Zimmer ausgebaut. Durch ein beachtliches Dachfenster war der Blick in den Sternenhimmel hinauf freigegeben. Eine Vielzahl unterschiedlicher und dezent angebrachter Lampen und Leuchten sorgten dafür, dass der Raum auf die verschiedensten Arten beleuchtet werden konnte. In der hinteren linken Ecke befand sich eine weitere Tür, die in einen recht kleinen Nebenraum führte.

„Dort hinten befindet sich ein Badezimmer, das ist aber nur für unsere Kunden. Für unsere Mitarbeiter haben wir zwei eigene Badezimmer ein Stockwerk tiefer. Es steht Ihnen jederzeit frei, diese zu nutzen – nur nicht direkt während einer Sitzung. Aber ich denke, das versteht sich von selbst."

Sie lächelte und deutete während ihrer Erklärungen mit kurzen Stummelfingern auf verschiedene Punkte im Raum. „Je nachdem, was unsere Kunden wünschen, verfügen wir über Staffeleien und Skizzenblöcke in unterschiedlichen Größen. Manche Kunden möchten die Zeichner sehr nahe bei sich haben, andere wünschen eine gewisse Distanz." Mit wenigen Schritten erreichte Alice einen kleinen Schreibtisch. Sie nahm eine Aktenmappe vom ansonsten leeren Tisch. „Das hier sind unsere Kundenmappen. Ganz oben auf liegt immer der aktuelle Termin mit den im Vorfeld getroffenen Vereinbarungen. Damit erhalten Sie einen groben Überblick über die Wünsche und Vorstellungen. Dahinter befinden sich ältere Aufträge, falls vorhanden."

Alice blätterte langsam durch die mehrere Zentimeter dicke Mappe, in der sich ordentlich eingeheftete Formulare befanden. „Hier unten in das Feld können die Zeichner Anmerkungen einfügen, falls sie es für nötig halten. Hier zum Beispiel hat Eddy eingetragen, dass das Paar die dunkelroten Standleuchten in der hinteren linken Ecke neben dem Sofa bevorzugt."

Valentin musterte die Formulare. Der Großteil war wohl am PC mit dem Kunden ausgefüllt und dann ausgedruckt worden. Im unteren schwarz umrahmten Feld stand in gut leserlicher Handschrift die von Alice vorgetragene Anmerkung samt Unterschrift. Eddy. Als Valentin den Text der Vereinbarung überflog, zuckte er unwillkürlich zusammen.

Plötzlich wusste er, wozu er heute Abend benötigt wurde. Auch die Bezeichnungen der anderen Räume eine Etage tiefer ergaben nun einen Sinn. Er schluckte.

„Das Paar trifft in etwa zwanzig Minuten hier ein. Ich werde die Beiden hier herauf begleiten. Bitte begrüßen Sie sie mit einem freundlichen Händedruck und einem Lächeln. Die Beiden werden sich dann ins Badezimmer zurückziehen und vorbereiten. Sobald sie wieder heraus kommen, erklärt das Paar Ihnen die

Details. Ich werde hier am Schreibtisch sitzen und mir das Ganze ansehen. Auch, wenn Niklas ein guter Junge ist und anständige Arbeit liefert, möchte ich mir doch einen eigenen Eindruck von Ihnen verschaffen."

Mit diesen Worten drückte Alice ihm die Mappe in die Hand. „Machen Sie sich mit den Vereinbarungen vertraut und legen Sie die Mappe dann wieder auf den Tisch. Ihren Mantel und den Hut können Sie dort am Kleiderständer ablegen. Bis die Kunden eintreffen, sollten Sie sich im Raum genau umsehen und sich einen Überblick über das zur Verfügung stehende Zeichenmaterial verschaffen. Bis gleich." Damit verschwand Alice aus dem Zimmer und zog die Tür leise hinter sich zu.

Einen Moment lang starrte Valentin die geschlossene Tür an. Dann wanderte sein Blick über das Zimmer und seine Vielzahl unterschiedlicher Möbelstücke. In der hinteren rechten Ecke, die im Gegensatz zum Rest des Raumes mit Steinen gefliest war, befand sich ein gemütlicher Whirlpool samt Sektkühler.

In der hinteren linken Ecke, an einer der Wände, die das Badezimmer vom Rest des Raumes abtrennten, stand besagtes Sofa mit den dunkelroten Lampen. Dann gab es einen großen, dicken Tierfellteppich. Eindeutig ein Imitat. Trotzdem konnte Valentin es nicht ausstehen, dass ihn die nachgemachte Katze aus toten Augen anstarrte.

An einer anderen Wand stand ein Etagenbett mit Leiter. Etwa einen halben Meter links davon hing ein Wandboard mit dutzenden Haken. Daran befand sich – ordentlich aufgehängt und nach der Länge sortiert – eine Auswahl an Reitgerten, Tüchern, Bändern und Handschellen. An einer weiteren Wand streifte sein Blick ein überbreites Doppelbett mit roter Seidenbettwäsche und Kissen, auf denen Schokoladenpralinen ruhten.

In der Mitte des Raumes hatten die Eigentümer einen schicken Esszimmertisch mit vier Stühlen und einen Billardtisch mitsamt zwei Queues und einem Set Kugeln in nobler Ausführung platziert. Valentin bezweifelte, dass die Queues jemals für den Zweck genutzt worden waren, für den sie einst eine Maschine aus einem Stück Holz heraus hobelte. Er versuchte, den Gedanken an die hier wohl dafür übliche Verwendung aus seinem Kopf zu vertreiben, indem er an süße, durch das Gras watschelnde Entenküken dachte, scheiterte jedoch.

Valentin zählte 28 verschiedene Lampen und 16 Nacht- und Beistelltische. Dicke Kerzen standen und silberne Feuerzeuge lagen mit ebensolcher Selbstverständlichkeit bereit wie Gleit- und Massagegele. Fasziniert schlenderte er durch den Raum und musterte die Skizzenblöcke, die überall verteilt waren. Er fand Staffeleien in drei verschiedenen Größen und Zeichenmaterial von Kohlestiften über Wisch- und Radierstiften bis hin zu Heerscharen unterschiedlich starker Bleistifte.

Als Valentin seinen Rundgang beendet hatte, hängte er seinen Mantel und den Hut am Kleiderständer auf und lehnte sich gegen ein Stück freie Wand. Er klappte die Mappe auf und überflog das oberste Blatt. Herr und Frau Glücksbärchi – sicherlich ein Pseudonym, damit die Kunden zumindest namentlich den Künstlern gegenüber trotz der intimen Situation anonym bleiben konnten – hatten eine einstündige Sitzung mit einem Zeichner vereinbart. Keine Ton- oder Videoaufnahmen. Angefertigt werden sollten zwei Skizzen: eine traditionelle Skizze, die anschließend zur Anfertigung einer Kohlezeichnung verwendet werden würde; und eine leicht abstrahierte Skizze zur Anfertigung einer Tonskulptur.

Darunter stand kurz zusammengefasst:

Skizze A : trad., Vorl. für Kohlezeichn., Oralverkehr
Skizze B: leicht abstrah., Vorl. für Tonskulptur, voraus. Vaginalverkehr (stehend)

Valentin klappte die Mappe zu und legte sie auf den Tisch zurück. Dann setzte er sich auf den Stuhl vor einer großen Staffelei und fluchte leise.

Bader hätte ihn wenigstens vorwarnen können …

Herr und Frau Glücksbärchi waren ein älteres Ehepaar, etwa in ihren Sechzigern. Beide hatten schon ergrautes Haar und ihre Körper waren ihrem Alter gemäß ein wenig verformt. Trotzdem kam Valentin nicht umhin, den Abend als angenehm zu bezeichnen. Die Beiden waren sehr freundlich und vollkommen entspannt. Nach einem kurzen Gespräch mit ihm begannen sie mit ihrem Liebesspiel auf dem von ihnen bevorzugten Sofa und Valentin war völlig damit beschäftigt, die Skizzen anzufertigen. Im Gegensatz zu seinen Arbeiten der letzten Monate war er mit dem Ergebnis sogar zufrieden.

Die Ernüchterung erfolgte erst, als die Kunden wieder weg waren und Alice mit ihm sprach. Sie war ebenfalls zufrieden mit seiner Arbeit und bereit, auf die Vereinbarung einzugehen, Valentins Arbeit anstelle von Niklas zu bezahlen, solange dieser verletzt war. Der Umschlag, dem sie ihm daraufhin überreichte, enthielt allerdings nur mickrige 50 €. Er nahm ihn wortlos entgegen und verließ das Haus in gedrückter Stimmung.

Während er auf das Taxi wartete, spielte Valentin mit dem Gedanken, vielleicht doch die U-Bahn zu nehmen. Immerhin gehörte das Geld nicht wirklich ihm, sondern viel mehr Bader. Aber der Gedanken, sich auf derart engem Raum mit einer Vielzahl Fremder aufhalten zu müssen, von denen ihn vielleicht ein oder zwei aus den Medien erkannten und mit dem Skandal in Verbindung brachten, drehte sich ihm der Magen um.

Außerdem wäre er viel länger unterwegs, worauf er nun wirklich keine Lust hatte. Also winkte Valentin doch noch ein Taxi herbei und stieg ein; er würde dem Studenten einfach einen Scheck ausstellen, wenn er wieder in sein Elternhaus zurückgekehrt war.

Während der Fahrt wanderten Valentins Gedanken zu seinen Vater. Ferdinand wäre entsetzt, wüsste er, womit sich sein Sohn an diesem Abend Geld verdient hatte.

Zumindest wäre er es früher gewesen.

Jetzt war Valentin sich dessen nicht mehr sicher. War es denn möglich, dass sein Vater einfach nur froh war, den Ballast los zu sein, den er nun jahrelang mit sich herum geschleppt hatte? Frei von seinen väterlichen Verantwortungen und Pflichten, frei von Schuldgefühlen und Scham, frei von dem jämmerlichen Versager, der ihn so sehr enttäuscht hatte und es nicht mehr zurück auf die Karriereleiter, nicht mehr zurück zu Glanz und Erfolg schaffte.

Sein Vater war früher immer für ihn da gewesen und hatte sein Bestes versucht, aber nach dem Vorfall …

Es hatte alles verändert, alles verschoben und verbogen und unendlich verkompliziert, ihre Beziehung zuerst nur etwas gekrümmt, ganz leicht, wie einen Blumenstil in einer sanften Sommerbrise, aber mit jedem Tag etwas mehr ins Kroteske verzerrt. Die letzten Wochen hatten sie kaum mehr ein Wort miteinander gewechselt und wenn doch, waren sie von Zynismus, Abscheu und Verachtung geprägt gewesen. Was, wenn -

„Wir sind da." Der Taxifahrer musterte ihn skeptisch über den Rückspiegel, die Augenbrauen zusammengekniffen, der Mund eine schmale Linie, in deren linkem Ende eine Zigarette saß, die jedoch nicht entzündet war.

Valentin bezahlte den Taxifahrer und stieg aus. Zu spät bemerkte er die beiden Gorillas, die vor der Haustür standen und mit wenigen, sehr großen Schritten bei ihm waren und ihn zwischen ihren muskulösen Körpern einkeilten. Der eine hatte rote borstige Haare auf dem Kopf, der andere gar keine. Dafür prangte das Tattoo eines brennenden Totenkopfs auf seinen blanken Schädel.

„Zahltag, Seidenhaar", knurrte der linke der beiden Schränke, der mit dem roten Bürstenhaarschnitt. Dabei hielt er Valentins Arm derart fest umklammert, dass dieser schon fürchtete der Knochen könnte jeden Augenblick splittern.

„Raus mit dem Geld. Oder sollen wir dich erst einmal durchschütteln?", fragte der andere und packte Valentin demonstrativ am Kragen seines Mantels. Der Kerl war mindestens zwei Köpfe größer als Valentin und sicher vier Mal so schwer. Ein Berg aus Muskeln und Knochen.

Valentin schluckte. Seine Augen suchten unablässig die Seitenstreifen ab. Warum war nie eine Politesse zugegen, wenn man mal dringend eine gebraucht hätte? Oder ein Passant, der sich nur zu gerne in die Angelegenheiten anderer Leute einmischte und den guten Samariter mimte?

„Lasst ihn los, Jungs", hörte Valentin plötzlich Baders erstaunlich gelassene Stimme. Er stand schief an die Mauer gelehnt in der Haustür. Bader wandte seinen Blick Valentin zu. „Gib ihnen das Geld."

„Was? Ich – nein!", widersprach Valentin in einem plötzlich Anfall von Widerwillen und Trotz. Weiter kam er aber nicht. Er wurde unsanft von dem Kahlkopf angehoben und verlor den Boden unter den Füßen. Während er in der Luft baumelte, durchsuchte der rothaarige Gorilla seine Taschen und entnahm ihnen alles Geld, das sich darin befand. Dann stellte ihn der Haarlose wieder am Gehweg ab und tätschelte ihm den Kopf, wobei Valentins Hut zu Boden fiel.

„Das nächste Mal gibst du es uns besser freiwillig oder ich sortier dir deine Föhnfrisur kostenlos neu", knurrte der Rothaarige zum Abschied. Sekunden später waren sie um eine Ecke verschwunden.

Valentin sah ihnen einen Moment lang hinterher, hob seinen Hut vom Boden auf und glättete die Falten. Dann richtete er seinen Blick auf Bader, der noch immer in der Tür stand. In seinem Magen klumpte sich ein Knäuel aus Wut und Verwirrung zusammen. Er kniff die Brauen zusammen und wollte den Studenten zur Rede stellen, als ihm sein Gehirn mitteilte, dass dieser sich kaum auf den Beinen halten konnte.

Mit einem Ruck löste sich Valentin von seinem Platz und hastete die Stufen hinauf. Er stützte Bader und half ihm ins Haus und zur Matratze im Wohnzimmer. Bader sank auf sein Bett und schloss erschöpft die Augen.

Valentin setzte sich auf seine eigene Matratze und zog die Beine an; er umschlang sie mit den Armen und legte sein Kinn auf seinem linken Knie ab. So saß er eine ganze Weile und starrte schweigend Bader an. Trotz dickem Mantel und Hut wurde es ihm in dem kühlen Raum nicht zu warm. Im Gegenteil. Er hätte gut und gerne noch eine Decke gebrauchen können.

„Frag schon", sagte der Bader unvermittelt in die Stille. Er trug nur Jeans und T-Shirt und lag auf der Decke.

Er friert bestimmt, dachte Valentin bei sich.

Eine Gänsehaut konnte er zwar nicht erkennen, selbst mit zusammengekniffenen Augen, aber das leichte Zittern Baders Gliedmaßen war unverkennbar. „Was?", erwiderte Valentin und schob ein paar andere Gedanken beiseite.

Bader seufzte deutlich hörbar. „Ob ich dich an meine Geld-eintreiber verpfiffen hab."

Valentin presste seine Arme noch ein wenig fester um seine Beine. „Das brauche ich dich nicht zu fragen. Ich weiß, dass du es nicht getan hast. Das war auch gar nicht nötig. Diese Kerle haben ihre Augen und Ohren überall." Sicher hatten sie über Valentin schon Nachforschungen angestellt, als er zum ersten Mal seinen Fuß über die Türschwelle setzte. Außerdem war Bader nicht der Typ Mensch, der andere verriet. Zumindest nicht leichtfertig. Vermutlich musste man ihm dafür Daumenschrauben anlegen und selbst dann … da lag eine Sturheit und Verbissenheit in diesem Studen-ten und seinem ständigen Scheitern. Er kämpfte sich allen Widrigkeiten zum Trotz durch ein Leben, das er sich sehr viel leichter machen könnte. So jemand verpfiff andere Leute nicht einfach, weil es ihm gerade in den Kram passte.

„Wenn du dir sicher bist, warum starrst du mich dann an?", gab Bader zurück. Er klang ausgesprochen müde, fast schon ein wenig schläfrig, dennoch war seine Stimme von Neugier durchzogen.

„Du hast gesagt, dass Jerry dich gut bezahlt", antwortete Va-lentin und dachte bei sich, dass ein kleines Feuer im Kamin gut tun würde. Das Feuer würde nicht nur für deutlich bes-seres Licht sorgen, sondern auch für eine angenehme, ge-sunde Wärme. Und es würde den muffigen Geruch vertreiben. Das behielt er allerdings für sich, aus Angst, sein Mitbewohner könnte das in den falschen Hals bekommen. Zu Bader sagte er: „Alice ist anscheinend weit weniger großzügig als Jerry."

Trotz der Entfernung zwischen ihnen konnte Valentin erkennen, wie der Student die Brauen zusammen kniff. „Wieso? Wie viel hat sie dir denn geben?"

„Fünfzig", antwortete Valentin ehrlich und drehte nun doch seinen Kopf. Er musterte das Sparschwein, das neben dem Schädel stand. Zum ersten Mal traf ihn ein sehr widerwärtiger Gedanke: Was, wenn sein Vater ihn nicht wieder zurückholte? Wenn Ferdinand dieses Mal ernst machte und ihn hier ließ?

Oder Ferdinand wartete darauf, dass Valentin sich bei ihm entschuldigte? Vielleicht würde er sogar von ihm verlangen, dass Valentin es tatsächlich ernst meinte. Was, wenn er hier wirklich fest saß? In dieser Wohnung? Mit Niklas Bader? Mit einer Matratze am Boden als Bett und Essen aus Dosen? Was, wenn diese beiden Gorillas ihm gerade sein einziges Geld abgenommen hatten?

Valentin schluckte und schloss die Augen. Der Anblick des leeren Sparschweins wurde ihm unerträglich. Übelkeit ballte sich in seinem Magen.

„Du hältst diesen Betrag nicht für einen guten Lohn? Für eine Stunde Arbeit?", hakte Bader nach und riss ihn damit aus seinen Weltuntergangsgedanken.

Valentin zuckte mit den Schultern und versuchte dabei unbesorgt auszusehen. „Es erscheint mir recht … spärlich." Er wollte, dass seine Stimme gleichgültig klang. Aber er hörte die unterschwellige Verzweiflung, die er nicht hatte unterdrücken können. 50 € für eine Stunde Arbeit. Er hatte sich nie damit beschäftigt, wie viel jemand in einer Stunde verdiente. Seine Bilder hatten sich schon hervorragend verkauft, als er noch ein Jugendlicher und es ihm gleichgültig war, was die Leute von seiner Kunst hielten. Davor und auch nach dem Vorfall in der Galerie war sein Vater an seiner Seite gewesen und hatte ihn finanziell versorgt.

Wie viel würde er arbeiten müssen, um sich Nahrungsmittel zu leisten, die nicht aus Dosen stammten? Wie viel Geld würde er brauchen, um sich ein richtiges Bett kaufen zu können? Wie lange würde es dauern, bis er sich eine Staffelei, Leinwände, bis er sich Werkzeug und Pinsel leisten konnte?

„Spärlich?" Bader lachte bitter, verzog dann aber das Gesicht und stöhnte vor Schmerz. Es dauerte eine Weile, bis sich seine Gesichtszüge wieder etwas entspannten. „Als Pizzabote habe ich nicht einmal fünf Euro pro Stunde verdient. Jerry und Alice zahlen das Zehnfache und bei ihnen zu Hause besteht nicht die Gefahr, dass man vom Moped gefahren wird."

Der Student drehte sich vorsichtig und langsam auf die Seite und schob seinen gesunden Arm unter die Wange. Er sah müde blinzelnd zu Valentin hinüber. „Bei drei Stunden fünf Tage die Woche verdiene ich bei den Beiden 750 €. Das ist eine Menge Geld. Alfie und Ethan kommen normalerweise immer freitags und sammeln das Geld bei mir ein. Warum sie heute schon da waren, weiß ich nicht. Vielleicht haben sie gehört, dass ich ...egal. Zusammen mit dem Geld von meinem Wochenendjob sind es pro Woche 1000 €."

Das klang nach viel Geld, fand Valentin.

Sehr viel mehr Geld, als er erwartet hatte.

Aber bei den hohen Studiengebühren und der Miete handelte es sich vermutlich nur um einen Tropfen auf den heißen Stein.

Außerdem war es gut möglich, dass Bader noch andere Schulden hatte. Spielschulden konnte Valentin sich bei seinem Mitbewohner beim besten Willen nicht vorstellen, aber wer konnte schon sagen, ob er nicht für die Fehlgriffe eines Elternteils oder seiner Geschwister geradestehen musste?

Ich hatte ein Stipendium, wissen Sie ...

Angesichts der horrenden Zinsen, die Kredithaie für gewöhnlich verlangten, und Bader durch sein Studium weiter Schulden anhäufte, würde er nie auf einen grünen Zweig kommen. Aber auch diesen Gedanken behielt Valentin für sich. Stattdessen fragte er: „Wie viel davon behältst du für dich?"

Nun war es Bader, der mit den Schultern zuckte. Allerdings weit vorsichtiger und mit sehr viel mehr Bedacht, als Valentin. „Meistens nichts. Alfie und Ethan bekommen komplett die 750 €. Das Wochenendgeld bekommt Frau Thaler für die Miete. Manchmal brauche ich das Geld für Bücher fürs Studium. Frau Thaler ist bisher immer recht geduldig mit mir gewesen und ich bezweifle, dass sie mir die Knochen brechen wird, wenn ich nicht zahlen kann, also lasse ich sie warten, wenn es nicht anders geht. Ich weiß aber nicht, wie lange sie diese Geduld noch aufbringen wird, bevor sie mich vor die Tür setzt."

„Woher hast du die pinkfarbene Miniaturausgabe einer Küche?", fragte Valentin plötzlich, obwohl er schon eine leise Ahnung hatte. Aber vielleicht konnte er von dieser Quelle noch andere Dinge beziehen. Pinsel und Farben beispielsweise.

Bader senkte den Blick und starrte beschämt zu Boden. „Eine Kommilitonin hatte mich gebeten, ihr beim Umzug zu helfen. Sie wollte mit ihrer Freundin zusammenziehen. Die hatte aber eine komplette Einbauküche in ihrer Wohnung und deshalb sollte die Kompaktküche auf den Sperrmüll. Ich hab sie deswegen ... sie hatte nichts dagegen, dass ich ... ich habe ihr gesagt, sie wäre für eine Freundin ..."

Ein ungewohnter Stich bohrte sich zwischen Valentins Rippen. All die Dinge, die sein Vater für ihn gekauft hatte.

Das komplett neu möblierte Zimmer, als Valentin zehn Jahre alt wurde und hellblau und Roboter als kindisch und unzumutbar erklärte.

All die Hemden und Hosen und Pullover und die Spielsachen. Valentin hatte bei Weitem nicht alles davon getragen, nicht einmal annähernd mit allem Spielzeug gespielt. Wenn ihm Kleidungsstücke nicht gefielen, ließ er sie im Kleiderschrank liegen und ignorierte sie. Falls Ferdinand ihn zum Tragen eines bestimmten Hemdes oder gar einer der furchtbaren Krawatte hatte zwingen wollen, zerschnitt Valentin das Kleidungsstück oder versenkte es in der Toilette.

Dann waren da noch all die zahllosen Dinge, die Valentin zwar nicht böswillig oder grundlos, aber gedankenlos und ohne Gewissensbisse zerstört hatte. Der große Esszimmertisch zum Beispiel, dem Valentin eines der vier Beine abgesägt hatte, weil er daraus eine Figur schnitzen wollte. Oder die Vorhänge, die er zerschnitten hatte, um sich daraus ein Seil zu knoten und aus seinem Fenster zu klettern. Der Spiegel im Badezimmer, den er zerschlagen hatte, weil er die Scherben für ein Mosaik benötigte.

Valentin schluckte, spannte seine Bauchmuskeln an und hielt den Atem an. Er wollte das dumpfe Stechen loswerden, aber es ließ sich nicht vertreiben. Zwar war er mittlerweile nicht mehr so zerstörerisch, wie er es als kleiner Junge gewesen war, aber trotzdem hatte er sich bisher nie tatsächlich Gedanken darüber gemacht, wie viel die Dinge kosteten, mit denen er sich umgab. Mit dem Verkauf eines einzigen Bildes hatte er stets etwa zehntausend Euro verdient. Und Valentin verkaufte über die Galerie mehrere Bilder im Monat. Was spielte es da für eine Rolle, wie teuer seine neuen Meißel oder Hüte waren?

Von der anderen Seite des Zimmers drang ein leises Rascheln. Bader versuchte, sich die Decke über den Körper zu ziehen.

Ohne zu zögern stand Valentin auf und ging zu ihm hinüber. Er griff nach Baders Hosenknopf, aber der Student stieß energisch seine Hand zurück.

„Was zur Hölle?"

„Du willst doch wohl nicht in deinem vermutlich einzigen Paar Jeans schlafen", erwiderte Valentin ungerührt.

Bader biss die Zähne zusammen und blähte die Nasenflügel. „Das kann ich auch alleine", knurrte er.

Valentin schüttelte den Kopf. „Kannst du eben nicht. Jetzt lass mich schon helfen." Ohne auf eine Antwort zu warten, öffnete er Knopf und Reißverschluss der Hose seines Mitbewohners. Dann zog er die Jeans nach unten und ignorierte dabei Baders leise Flüche. Verwundert kniff Valentin die Brauen zusammen.

„Das ist eine Schussverletzung", stellte er überrascht fest und legte seine Fingerspitzen auf die Narbe am Unterschenkel. „Und das hier stammt definitiv auch nicht von deinen Geldeintreibern, das war eine große, schwere Verletzung." Als Valentin sich bewusst wurde, dass die Finger seiner rechten Hand noch immer auf der langen Narbe lagen, zog er sie langsam zurück. Er nahm Baders Jeans und warf sie auf die linke Ecke der Matratze.

Der Student schüttelte verneinend den Kopf. „Zur falschen Zeit am falschen Ort." Er starrte unverwandt auf die Narbe, als sähe er sie zum ersten Mal. „Ich war in der Stadt unterwegs, wollte über eine Kreuzung. Ich hatte grün, ging los und wurde von einem Auto angefahren. Ein Fehler im Ampelsystem hatte alle Ampeln auf grün gesetzt." Bader ließ sich wieder auf die Matratze sinken und schloss die Augen. „War ein verdammter Scheiß Tag. Wie heute." Er gähnte und zog die Beine an.

Valentin löste den Blick von der Narbe und stand auf. Gerade, als er zu seiner eigenen Matratze zurückkehren wollte, entschied er sich anders. Er beugte sich zu Bader hinunter und deckte ihn zu. Dann ging er in seine Hälfte des Zimmers und zog sich aus. Müde kroch er in seinen Schlafsack und schloss ebenfalls die Augen.

Schlafen konnte Valentin aber nicht. Der Gedanke, dass er tatsächlich auf sich allein gestellt war, ließ ihn nicht mehr los. Er brauchte Geld, sein Werkzeug, ein paar mehr Klamotten. Essen. Alles Dinge, die in seinem Elternhaus im Übermaß zur Verfügung standen.

Valentin zögerte einen Moment, dann stand er auf, zog sich an und schlich leise aus der Wohnung. Geld für ein Taxi fehlte ihm, also lieh er sich Baders Fahrrad. Nicht gerade komfortabel, aber er kam damit schneller voran, als zu Fuß, und kostenlos war es obendrauf auch noch. Es dauerte nur eine knappe Stunde, bis er das Anwesen seines Vaters erreichte. Alle Fenster waren dunkel, wie Valentin erfreut feststellte. Das würde es einfacher machen, an der Regenrinne hinauf zu klettern und in sein altes Zimmer einzubrechen.

Während der langen Fahrradtour hatte er Zeit gehabt, einen Plan zu schmieden: er wollte seine beiden Rucksäcke mit den wichtigsten Dingen vollstopfen und noch etwas Geld aus Ferdinands Tresor mitnehmen, bevor er wieder nach unten kletterte und so schnell er konnte mit dem Rad zurück zu Bader fuhr.

Valentin wusste auch ganz genau, was er benötigte: das Dutzend kleiner Leinwände, die noch unbenutzt waren, seine Kohlestifte, die Ölfarben, Pinsel, ein paar ordentliche Schnitzmesser und die schadstofffreien Wasserfarben. In der Stadt gab es genügend Touristenplätze, an denen er Portraits anfertigen oder kitschige Zeichnungen der Sehenswürdigkeiten verkaufen konnte. Außerdem hatte er vor, Tierfiguren zu schnitzen. Wenn er sie bunt anmalte und zu günstigen Preisen anbot, würden sich schon Eltern finden, die nach einem billigen Mitbringsel für ihre Sprösslinge Ausschau hielten. Sollte es damit nicht funktionieren, konnte er immer noch Besteck aus Holz anfertigen oder Geschirr, Hauptsache, es brachte ihm Geld ein.

Solange Valentin sich ein wenig verkleidete und niemand ihn erkannte, würden die Leute ihn für einen gewöhnlichen Straßenkünstler halten. Und er selbst musste nicht damit hadern, dass seine Werke nicht an das frühere Maß an Perfektion, Ausdruck und Genialität erreichten, schließlich würde nicht sein Name auf den Kunstwerken stehen. Dafür brauchte er ein paar Sachen aus seiner Faschingsschublade, die er seit seiner Pubertät nicht mehr geöffnet hatte. Soweit er sich erinnern konnte, enthielt sie einen falschen Bart aus Echthaar, farbige Kontaktlinsen und verschiedene Halstücher, die von seinem Gesicht ablenken würden.

Geschickt kletterte Valentin nach oben, die Hände um das Regenrohr geschlungen, die Füße fest gegen die Mauer gestemmt. Kurz hatte er Bedenken, ob er immer noch dazu in der Lage war, das Regenrohr zu erklimmen, doch erfreulicherweise war es wie mit dem Radfahren: er hatte nichts davon verlernt.

Oben angekommen gönnte Valentin sich einen Moment lang eine Verschnaufpause, bevor er eine Hand von dem Rohr löste. Vorsichtig hängte er die eigens für diese Einstiegsmethode von ihm präparierten Fenster aus den Scharnieren. Wie gut, dass er schon früher ungesehen das Haus verlassen und wieder betreten musste. Das Fenster nach innen abzulegen war knifflig, aber auch das gelang ihm. Nach einigen beherzten Atemzügen hievte er sich schließlich über das Fensterbrett in das Zimmer hinein.

Dort angekommen, riss Valentin leise die Schranktüren auf, fischte die Rucksäcke heraus und öffnete sie. Mond und Sterne schienen durch das offene Fenster herein und spendeten gerade genug Licht, dass Valentin sich im Raum bewegen konnte, ohne über irgendetwas zu stolpern. Sein Herz schlug ihm bis zu Hals und er hatte Mühe, Ruhe zu bewahren. Hastig begann er, seine gedanklich erstellte Liste abzuarbeiten und alles notwendige einzusammeln. Wenn er erst ein wenig Geld verdient hatte, konnte er sich weitere, allerdings billigere Leinwände kaufen, um fortzufahren. Die Leute würden es mit Sicherheit nicht merken.

Valentin öffnete die große, untere Schublade seines Kleiderschranks und entnahm ihr den Bart, eine Schatulle mit den farbigen Kontaktlinsen, ein paar Mützen und Brillenetuis. Als alles in den Rucksäcken verstaut war, zog er den Reißverschluss zu und stellte sie unter dem Fenster ab. Ein Glücksgefühl flutete Valentins Körper und ließ ihn grinsen. Das lief besser, als erwartet, dachte er bei sich.

Bereits in der nächsten Sekunde erhielt sein Hochgefühl jedoch einen jähen Dämpfer, als sein Vater plötzlich die Tür öffnete und das Licht anknipste.

„Der verlorene Sohn ist also zurückgekehrt", kommentierte dieser Valentins Anwesenheit.

Valentin schluckte und stellte sich vor die Rucksäcke, als könne er ihnen dadurch Schutz bieten. Er würde das Haus nicht ohne sie verlassen. Ganz sicher nicht. Dass sein Vater ihn erwischt hatte, bedeutete nur zweierlei: erstens, dass er keine Gelegenheit mehr hatte, Geld aus dem Tresor zu holen und zweitens, dass ihm der Abstieg über das Regenrohr erspart blieb. „Nur ein kurzer Besuch. Ich hole ein paar meiner Sachen", entgegnete Valentin entschlossen.

„Das sind meine Sachen."

Wut brannte in Valentin auf. Er ballte die Hände zu Fäusten. „Das Werkzeug habe ich von meinem Geld gekauft. Die Farben, die Leinwände. Alles. Die Sachen gehören mir und ich kann damit tun, was ich will!"

„Und ich habe alle deine Schulden bezahlt, ohne eine Gegenleistung deinerseits. Betrachte es als Pfändung", erwiderte Ferdinand ruhig.

„Das ist ..."

„Unfair? Nun, das Leben ist nicht fair. Das müsstest du eigentlich wissen." Sein Vater schüttelte den Kopf. „Sei nicht albern, Valentin. Lass uns reden. Du kannst wieder nach Hause kommen, wenn du dafür aus deinem Loch aus Selbstmitleid und Jammerei heraus kriechst und endlich wieder dein Leben in die Hand nimmst. Du willst dein Geld nicht mehr mit Kunst verdienen? Von mir aus. Dann mach etwas anderes. Studiere, jobbe, mach eine Lehre oder geh auf die Walz, aber tu etwas, verdammt nochmal! Du bist zu jung, um nur zu Hause auf deinem Zimmer zu hocken und einen Vorfall zu bedauern, der sich nicht mehr rückgängig machen lässt und auch überhaupt nicht deine Schuld war!"

Valentin war so überrascht, dass ihm der Mund offen stand. „Nicht ... nicht meine Schuld?", wiederholte er fassungslos. Sein Vater hatte ihm nie einen offenen Vorwurf deswegen gemacht, aber es war für Valentin immer klar gewesen, dass sein Vater ihm die Schuld an dem Desaster gab.

Ferdinand seufzte. Erneut schüttelte er den Kopf. Plötzlich wirkte sein Vater erschöpft und es traten Falten auf seinem Gesicht hervor, die Valentin noch nie zuvor bemerkt hatte. „Natürlich nicht. Wieso hättest du die Vögel vergiften sollen? Was die Polizei und die Medien sich zusammengereimt haben, war absoluter Schwachsinn. Ich kenne dich besser. Ich weiß nicht, welcher deiner Konkurrenten es getan hat, aber du hattest von Anfang an Neider."

„Warum hast du das den Journalisten gegenüber nie erwähnt?", fragte Valentin und fühlte sich selbst mit einem Schlag erschöpft, kraftlos. All die Wochen, Monate, in denen die Medien über ihn hergefallen waren, ihn in seine Einzelteile zerlegt und kein einziges gutes Haar an ihm gelassen hatten – sein Vater hatte ihn kein einziges Mal verteidigt.

„Das hätte nicht dabei geholfen, Polizei oder Medien vom Gegenteil zu überzeugen."

„Mir hätte es geholfen", entgegnete Valentin leise.

Eine Weile standen die beiden Männer sich schweigend gegenüber. Dann atmete Ferdinand deutlich hörbar aus. „Komm nach Hause", sagte sein Vater versöhnlich. „Lass uns den ganzen Unsinn der letzten Tage vergessen. Ich lasse deine Sachen dort abholen und kündige den Vertrag mit diesem Bader."

„Ich weiß nicht, ob ich ...", setzte Valentin an. Dann erreichten die Worte seines Vaters sein Gehirn. Er kniff die Brauen zusammen. „Was meinst du mit kündigen?"

Ferdinand zuckte die Achseln. „Ich kündige den Vertrag, du ziehst wieder zu mir und ich erhalte mein Geld zurück."

„Du kannst den Vertrag nicht kündigen."

„Selbstverständlich. Innerhalb von vierzehn Tagen, so wurde es aufgesetzt und so hat er es unterschrieben."

„Nein, du verstehst nicht ... er kann das Geld nicht ... er hat es doch gar nicht mehr ..."

Sein Vater stieß ein verächtliches Schnauben aus. „Das Geld war für die Begleichung der kommenden Semestergebühren gedacht, nicht dafür, dass er es innerhalb weniger Tage aus dem Fenster wirft. Wenn er nicht mit Geld umgehen kann, ist das sein Problem, nicht meins."

„Du verstehst nicht, er ..."

„Ich verstehe sehr wohl. Er hat sich ein paar schicke, neue Sachen gekauft, teure Kleidung, Schmuck, Uhren, etwas in der Art. Vielleicht hat er auch ein Auto gekauft, um das alberne Fahrrad loszuwerden. Ich kann es ihm nicht einmal ganz verdenken. Aber alles in allem ist das absolut nicht mein Problem und ebenso wenig deines. Der Dummkopf hätte schlichtweg die vierzehn Tage abwarten müssen. Also – kommst du jetzt nach Hause, oder nicht?"

Valentin schluckte. Seine Hände ballten sich wieder zu Fäusten, er richtete sich auf und sah seinem Vater trotzig entgegen. „Nein."

„Dann hast du hier nichts verloren. Verschwinde aus meinem Haus. Und denke nicht einmal daran, irgendetwas mitzunehmen, oder ich zeige dich wegen Diebstahls an."

„Das würdest du nicht wagen."

„Ich tue das für dich, Valentin. Versteh mich doch."

Valentin öffnete den Mund, um etwas zu erwidern, doch dann schloss er ihn wieder und presste die Lippen fest aufeinander. Es kostete ihn Mühe, sich in Bewegung zu setzen. Seine Gelenke waren steif und ungeschickt. Er marschierte aus dem Zimmer, auf den Gang hinaus, die große, breite Treppe hinunter und zur Tür hinaus. Draußen stieg er auf sein Fahrrad und fuhr so schnell er konnte zu Bader zurück. Er schlich sich in die Wohnung, zog sich um und schlüpfte zurück ins Bett.

Vor Wut und Enttäuschung war ihm ganz übel.

Valentin war überzeugt davon, die ganze Nacht wachzuliegen und nicht schlafen zu können. Doch dann überrollten ihn Müdigkeit und die Anstrengungen des Tages und sein Kopf sank tiefer in das Kissen.

Valentin erwachte erst Stunden später mitten in der Nacht durch ein äußerst irritierendes, penetrantes Geräusch. Zuerst drang es in seinen Traum ein, vermischte sich mit den unsinnigen Bildern, die sein Gehirn im Zustand des Schlafes zusammen spann. Dann begann das nagende Geräusch sich durch sein Trommelfell zu knabbern und nahm an Lautstärke zu, was Valentin jedoch wenige Sekunden später als reine Einbildung abtat.

So oder so – das Geräusch war nervtötend.

Und es kam aus Baders Ecke des Zimmers.

Also kroch Valentin aus seinem Schlafsack. Er schnappte sich seinen flauschigen Bademantel und den Schlafsack. Auf diese Weise ausgerüstet tapste er müde zur Matratze des anderen hinüber. Behutsam legte Valentin seinen Bademantel über den Schlafenden und öffnete den Reißverschluss des Schlafsacks, dann schlüpfte er zu Bader unter die Bettdecke und deckte sie beide mit dem nun über ihnen ausgebreiteten Schlafsack zu.

Bader zitterte am ganzen Körper und seine Zähne klapperten. Das Klappern war sehr viel leiser, als seine Ohren und sein Gehirn ihm vorgemacht hatten, aber trotzdem war es nicht zu überhören und ein recht deutliches Zeichen für den Zustand des Studenten. Er schlief fest, aber sehr unruhig und murmelte unverständliche Wörter und Sätze.

Valentin rutschte ganz an ihn heran und legte seinen Arm um ihn. Nur wenige Minuten später zeigte die Kombination aus Körperwärme und zusätzlicher Decken ihre Wirkung. Das Zittern und Zähneklappern nahm immer mehr ab und verschwand schließlich gänzlich. Nun wäre es wieder leise genug gewesen, um zu seiner eigenen Matratze zurückzu-

kehren und zu schlafen, doch Valentin wusste, dass das Zähneklappern schnell zurückkehren würde, wenn er mit seinem
Schlafsack davon stahl. Ihn Bader überlassen war allerdings auch
keine Option.

Während Niklas Baders Atemzüge sich beruhigten und auch das
Murmeln verstummte, überlegte Valentin, was um alles in der
Welt er nun tun sollte. Aber aus Ermangelung weiterer Decken
oder gar Wärmflaschen blieb ihm wohl nichts anderes übrig, als
diese Nacht hier drüben zu verbringen.

Valentin erinnerte sich an das Versprechen, das er dem Studenten vor wenigen Stunden leichthin gegeben hatte. *Ich besorge
dir morgen einen neuen,* hörte er sich sagen. Dieses Versprechen hatte er in dem Glauben gegeben, es tatsächlich erfüllen zu
können. Vollkommen problemlos.

Einen Sweater kaufen konnte kein Problem sein. Der Gedanke
daran, dass er vielleicht an der Erfüllung dieses Versprechens
scheitern würde, war lächerlich.

Und demütigend.

Und … beunruhigend. Auch, wenn er das nicht gerne zu gab.
Aber es machte ihn nervös, dass plötzlich die Möglichkeit im
Raum stand, dass er nicht einmal das Geld für ein einfach Kleidungsstück aufbringen konnte. Wie hielt Bader das nur Tag für
Tag aus? Immer dieses nagende Gefühl im Nacken, dass das Geld
nicht reichte, dass der Schuldenberg wuchs und wuchs und ihn
langsam, aber sicher unter sich begrub?

Valentin schloss die Augen und dachte an einen kleinen, tollpat-
schigen Hundewelpen, der mit seinen zu großen Ohren und zu
großen Pfoten über eine Wiese jagte, während ihm die kleine
Zunge aus dem Maul hing und seine Augen aufgeregt auf den
bunten Ball gerichtet waren, den er zu fangen versuchte.

Dieser kleine Hund, den er als Kind einmal im Park gesehen und
dazu geführt hatte, dass er seinem Vater monatelang mit dem

Wunsch in den Ohren lang, einen Hund zu haben, half Valentin äußerst verlässlich, sich wieder zu beruhigen. Egal, ob vor Prüfungen in der Schule, vor der Eröffnung einer neuen Ausstellung oder vor Interviews mit Journalisten – der kleine Hund rannte in ungestümer Begeisterung über die Wiese und Valentin musste unwillkürlich lächeln.

Auch jetzt verschaffte es ihm den Augenblick Ablenkung, den er benötigte, um aus der Panikspirale zu entfliehen, tief Luft zu holen und sich zu sagen: Wird schon wieder. Eines nach dem anderen.

Bader benötigte ein neues Sweatshirt und eine Decke. Genau genommen brauchte er auch ein Bett, genau wie Valentin. Aber Kleidung und Decken gingen vor. Valentin konnte die Waren nicht von dem Geld bezahlen, das er am Abend bei Jerry und Alice verdienen würde, dieses Geld war bereits für die Gorillas reserviert; er hatte keine Lust auf eine körperliche Auseinandersetzung mit den beiden und er konnte auch nicht riskieren, dass sie Bader in die Finger bekamen.

Valentin schloss die Augen und legte eine Liste an:

1. Benötigte Artikel: Decken, Jeans, Sweater
2. Bezugsquelle: Kaufhaus
3. Beförderungsmittel: kostenlos: Fahrrad oder Füße
4. Bezahlung: kein Geld → Touristen abzocken

Er hatte morgen einen ganzen Tag lang Zeit, sich um diese kurze Liste zu kümmern. Nur vier Punkte abarbeiten und schon würde Bader die Sachen erhalten. Valentin würde einen Weg finden, den Touristen genug Geld aus den Taschen zu ziehen. Ganz bestimmt. Er gähnte und drückte sich noch ein wenig enger an den schlafenden Studenten. Er konnte Baders Herzschlag spüren und seine leisen, gleichmäßigen Atemzüge hören.

Entspannend, dachte Valentin bei sich – und schlief ein.

7

Morgens schlich Valentin sich leise ins Bad, um sich auszuwaschen und umzuziehen. Das eiskalte Wasser sorgte dafür, dass er schneller hellwach wurde, als es ihm lieb war. Sein Vorsatz schwebte wie ein Damoklesschwert über seinem Haupt und ihm wollte partout keine Lösung einfallen. Ganz so einfach, wie er es sich gestern vor dem Einschlafen eingeredet hatte, würde es nicht werden.

Hätte sein Vater ihn nicht erwischt, dann … *Hat er aber*, beendete Valentin den nutzlosen Gedanken. Sein Vater hatte ihn erwischt und er konnte definitiv nicht mehr in sein Elternhaus zurück, um seine Sachen zu holen.

Er hatte Bader versprochen, heute Ersatz für seinen Sweater zu besorgen. Nicht morgen. Nicht übermorgen. Heute. Und er gedachte, dieses Versprechen einzuhalten, schon alleine deswegen, weil es nichts nutzte, es zu verschieben. Aufgeschoben ist nicht aufgehoben.

Leider lief ihm die Zeit davon. Er hatte das Gefühl, jemand hätte für alle anderen die Vorspultaste gedrückt, während er selbst keinen Millimeter vorankam. Wenn er nur mehr Zeit hätte, dann …

Zeit!, dachte Valentin und hätte vor Freude am liebsten einen Luftsprung gemacht. Gott sei Dank erinnerte sich sein Gehirn früh genug daran, wie niedrig die Decke im Badezimmer war und wie viele Rohre darunter verliefen. Also zügelte er seine Freude, putzte sich hastig die Zähne und kehrte auf leisen Sohlen zurück in den Wohn- und Schlafraum. Dort öffnete er seine Sockenschublade und holte darunter seine kanadische Tense hervor. Behutsam schob er sie in die linke Hosentasche und eilte nach draußen und zu

Frau Thalers Wohnung. Obwohl es noch sehr früh war, klopfte er ungeduldig gegen die Tür.

„Was soll denn er Unsinn? Hast du dir den Kopf gestoßen? Es ist … wie spät ist es überhaupt?", schimpfte die Köchin und zog ihren Bademantel enger um sich. In ihrem Haar steckten Lockenwickler und ihr wütendes Gesicht schimmerte leicht grünlich von irgendeiner Hautmaske, wodurch sie Valentin an Hulk erinnerte.

„Wo ist die nächste Pfandleihe?", fragte er, ohne sich lange mit Antworten aufzuhalten. Er musste sich beeilen, jede Sekunde zählte. Zeit! Ha! Warum war ihm das nicht gestern schon eingefallen? Das löste seine Probleme auf einen Schlag! Davon konnte er spielend die Decken und die Kleidung kaufen und ein paar Handwerkssachen, um trotzdem ein paar Touristen abzuzocken, allerdings mit weit weniger Druck. Hätte Frau Thaler nicht die gruselige Maske im Gesicht gehabt, hätte er sie vor Freude auf die Wangen geküsst.

Frau Thaler hob missbilligend eine Augenbraue und musterte ihn streng. „Kein Guten Morgen, kein entschuldigen Sie bitte die Störung, gar nichts?"

Der Drang, seiner Freude mit einem Kuss Ausdruck zu verleihen, zerplatzte und löste sich in Luft auf. Valentin presste die Lippen fest aufeinander und stieg nervös von einem Bein aufs andere. „Guten Morgen, Frau Thaler, entschuldigen Sie, dass ich so früh klopfe und aus dem Bett scheuche, aber ich muss dringend wissen, wo sich die nächste Pfandleihe befindet."

„Guten Morgen, Valentin. Siehst du? Besser, viel besser. Direkt wie bei zivilisierten Leuten." Sie verschränkte die Arme vor dem Oberkörper und steckte die Hände unter die Achseln. „Die nächste Pfandleihe ist Kirchner & Brat, die Straße hinauf und dann am Kreisverkehr rechts. Wozu …"

„Vielen Dank!", erwiderte Valentin und sprang Richtung Haustür davon. So konnte er nicht mehr sehen, wie Frau Thaler ihm hinterher sah, den Kopf schüttelte und schließlich ihre Wohnungstür wieder schloss. Das war aber auch gar nicht wichtig. Alles, was zählte, war sein Plan – und der würde auf jeden Fall aufgehen!

„100", sagte der strubbelbärtige Pfandleiher und legte die Uhr wieder auf den Tresen. Dabei achtete er sehr darauf, den Gegenstand behutsam niederzulegen und keinesfalls zu beschädigen.

Valentin kniff verwirrt die Brauen zusammen. „Was? Kuwait Dinar?"

„Euro. Und für Klugscheißer gibt es Abzug." Der Pfandleiher, Bernd Kirchner von Kirchner & Brat, blickte Valentin unverwandt aus kleinen, schwarzen Augen an, die hinter einer altmodischen Lesebrille mit goldenem Gestell hervor lugten.

„Ich habe mit mehr gerechnet, die Uhr ...", setzte Valentin an, wurde aber sofort sehr schroff unterbrochen. „Willst du oder nicht? Ich hab noch einen Haufen andere Kunden, die warten." Der Pfandleiher verschränkte die Arme vor dem Oberkörper und hob beide Augenbrauen an, wodurch sich seine Stirn in tiefe Falten legte.

„Ich bin außer Ihnen der einzige im ..."

„Ja oder nein."

Valentin biss die Zähne aufeinander, dass es knirschte. Sein Plan war verdammt gut gewesen und das Geld wichtig. Er hatte mit dem drei- bis vierfachen gerechnet. Das hätte ausgereicht, um sich neben der Sachen für Bader auch noch ein paar passable Leinwände, Farben und Pinsel zu besorgen und das eine oder andere Schnitzmesser und Holz. Aber 100€? Wie sollte er denn bitte damit zurechtkommen? „Die Uhr ist 1500€ wert und wie neu", erwiderte er deshalb mit entschlossener Stimme.

„Ist gebraucht. Und graviert."

„Aber ..."

„Entweder du nimmst 80, oder gehst. Hab keine Zeit für so was. Sind doch hier nicht auf nem Basar, verdammt."

„Sie sagten doch gerade noch 100."

„Da wusste ich noch nicht, dass ich es mit einem verdammten Klugscheißer zu tun habe. Also?"

„Ich ... das ist ..." Valentin betrachtete die Uhr. Er schluckte. Vielleicht, wenn er zu einem anderen Pfandleiher ging ... er streckte seine Hand nach der Uhr aus.

„Die werden dir auch nichts anderes sagen. Gebraucht. Graviert. Daran ändert sich nichts. Sie ist nicht mehr wert." Der Pfandleiher seufzte, schüttelte den Kopf und wedelte mit den Händen in der Luft. „Was solls. Ich hab heute meinen sozialen Tag. 100€ für die Uhr, aber dafür kostet das Auslösen 150€."

„Einverstanden." Valentin atmete auf, nahm das Geld entgegen und den Pfandschein, verstaute beides in der Hosentasche und verließ wortlos den Laden. Immerhin ... sobald er den Betrag beisammen hatte, konnte er die Uhr wieder auslösen. Trotzdem lag ein schwerer Klotz in seinem Magen, der seiner vorherigen Euphorie ein jähes Ende beschert hatte.

Mit wenig Begeisterung marschierte Valentin Richtung Innenstadt. Von einem ehemals befreundeten Künstler – davon hatte er seit dem Vorfall mehr, als er zählen konnte - der davon überzeugt war, dass es keine teuren Leinwände brauchte, um Kunstwerke zu erschaffen, kannte er genau die richtige Adresse für seine Einkaufsliste. In rot-gelben Plastikbuchstaben prangte der Name der Ladenkette an einem historischen Gebäude im Kern der Altstadt, als seien sie eine Strafe, die dem altehrwürdigen Haus auferlegt wurde.

Valentin zögerte nicht lange, er marschierte mit schnellen, großen Schritten auf das Gebäude zu, versuchte, nicht allzu viel Mitleid dafür aufzubringen und betrat den Laden. Beinahe wäre er mit vollem Schwung in eine Gruppe plappernder Mädchen gerannt, die Wichtel, Rentiere und winterlich gekleidete Puppen in Händen hielten und „Oh wie süß", „Ist die niedlich" und „Da kriegst du ja Karies von!" von sich gaben. Valentin bremste sehr abrupt und schaffte es tatsächlich, rechtzeitig zu halten.

Sein Blick schweifte über Weihnachtsdekoration, Kissenbezüge, Filzpantoffel und Müslischüsseln. Gab es denn etwas, das es in diesem Laden nicht zu kaufen gab?

Das letzte Fitzelchen Enthusiasmus, das sich nach dem Besuch der Pfandleihe noch hartnäckig gehalten hatte, ließ nun ebenfalls los und verpuffte kommentarlos im Nichts. Er würde ewig brauchen, um zu finden, was er suchte.

„Entschuldigung, aber … bist du … ich meine, sind Sie … Kai Schumman?"

Valentin drehte sich um und blickte in das erwartungsvolle Gesicht einer vielleicht Fünfzehnjährigen, deren zierliche Mädchenfigur in einer Jeansjacke mit weißem Teddyfutter und einer Jeans mit weißen Ziernähten steckte. Immerhin trug sie keinen Jeanshut, sondern eine grob gestrickte Beany in rosé, unter der ihre roten, langen, glatten Haare hervor traten.

Als Valentin schon den Mund öffnen und sie mit einem knappen „Nein" abspeisen wollte, kam ihm plötzlich eine Idee. Er zauberte ein schüchternes Lächeln auf die Lippen, zuckte etwas unsicher mit den Schultern und meinte: „In so einem Laden bin ich komplett aufgeschmissen." Er sah zu den weiter hinten wartenden, eng aneinander gedrängten Mädchen, dann wieder zu seiner Gesprächspartnerin. „Ihr kennt euch hier nicht zufällig aus?"

Das Mädchen sog scharf Luft ein und presste dann fest die Lippen aufeinander, vermutlich, um nicht laut zu kreischen. Einen kleinen Freudenhüpfer konnte sie jedoch nicht unterdrücken. Sie brauchte einen Moment, um sich so weit zu beruhigen, dass sie antworten konnte. „Na klar – was brauchen Sie denn?"

„Also, ich … wie ist dein Name?"

„Larissa."

„Larissa. Sehr schön, freut mich. Also, Larissa, ich brauche dringend ein paar Leinwände und Farben. In welche Richtung muss ich da loslaufen?"

„Die Sachen sind alle im Zweiten oben, die Treppe zweimal rauf und dann links bis ganz nach hinten gehen."

„Zweimal rauf, links, ganz nach hinten. Das bekomme ich hin. Hoffe ich." Valentin lächelte. „Danke, Larissa. Ich wünsche euch noch einen schönen Tag." Damit setzte er sich in Bewegung und marschierte zielstrebig auf die Treppe zu. Als er ein paar Schritte gegangen war, brach lautes Kreischen und Quietschen los. Valentin zuckte kurz zusammen, hatte sich jedoch schnell wieder im Griff. Er eilte die Stufen hinauf und durchquerte der Anweisung folgend den großen, mit verschiedensten Waren vollgepackten Raum. Tatsächlich fand er an dessen Ende Leinwände in sämtlichen Größen, außerdem Pinsel, Acrylfarben, Ölpastellkreide und einen Zeichenblock. Valentin seufzte erleichtert. Damit würde er keine große Kunst schaffen, aber für seine Zwecke war es ausreichend. Dieses Mal stahl sich ein echtes Lächeln auf seine Lippen.

Er würde es schaffen.

Ganz bestimmt.

An späten Nachmittag hatte Valentin sämtliche Leinwände und einige Zeichnungen von Sehenswürdigkeiten aus seinem Zeichenblock verkauft. Insgesamt 530€ für acht Stunden Arbeit. Das war kein schlechter Start, fand Valentin, auch, wenn ihm vom schiefen Sitzen am Kopfsteinpflaster jeder Knochen und ganz besonders der Hintern schmerzte. Farben, Pinsel und Blätter im Zeichenblock waren noch übrig, also würde er morgen nur ein paar neue Leinwände kaufen müssen, die ihn heute 40€ gekostet hatten. Das bedeutete, er konnte sein Versprechen einlösen und für Bader einen neuen Sweater kaufen.

Zufrieden packte er seine Utensilien zusammen, klemmte sie sich unter den linken Arm und marschierte los. Nur wenige hundert Meter entfernt befand sich ein großes Einkaufshaus, ein hässlicher Zweckbau aus Beton und Glas, ein grauer Klotz, der sich über fünf Etagen erstreckte.

Valentin ließ sich von der wogenden Menge an Touristen und Städtern in die große, hell erleuchtete Eingangshalle schieben. Während sich alle anderen schnell und zielstrebig in alle möglichen Richtungen verteilten, blieb Valentin einfach stehen. Damit zog er den Missmut einiger Kunden auf sich, die versehentlich in ihn rannten. Valentin aber hörte die gemurmelten Beschimpfungen gar nicht. Minutenlang stand er im Eingangsbereich und wurde immer wieder angerempelt und geschubst.

Plötzlich durchfuhr ihn ein Ruck und er trat näher an die beschilderte Rolltreppe heran. Zügig überflog er die Informationen und bestieg dann die fahrende Treppe. 2. OG. Männerbekleidung. Es war schon lange her, dass er sich in einem Kaufhaus aufgehalten hatte. Als Schüler war er mit seinem besten Freund manchmal in eines gegangen, um … nun ja, sich die Zeit zu vertreiben und der Langeweile zu entfliehen. Jetzt war Tommy Richter am Obersten Gerichtshof und sie hatten sich schon jahrelang nicht mehr gesehen. Nun, wenn er dabei erwischt wurde, wie er ohne Lizenz als Straßenkünstler arbeitete, würde sich das vermutlich sehr schnell ändern.

Als Valentin das 2. OG erreichte, durchquerte er es und begann systematisch die einzelnen Ständer und Tische zu durchsuchen. Schnell erfasste ihn eine erneute Ungeduld. Oberteile und Jeans gab es unzählige, aber einen Sweater wie Baders suchte er vergeblich.

Schließlich kam eine junge Frau mit Namensschild an der Bluse auf ihn zu. „Guten Morgen, Sir. Kann ich Ihnen helfen?", fragte sie und schenkte ihm ihr hübschestes Dienstleistungslächeln.

„Ich weiß nicht, ob Sie das können. Aber in Anbetracht Ihrer erfolgreich abgeschlossenen Ausbildung und Ihrer langjährigen Tätigkeit für dieses Kaufhaus sollten wir wohl davon ausgehen", antwortete Valentin barsch. Einen ganzen Tag lang Touristen Honig ums Maul schmieren und charmant zu lächeln, während sie sinnloses Zeug auf ihn einplapperten, hatte seinen Vorrat an Höflichkeiten und Manieren vollkommen erschöpft. Er brauchte den verdammten Pullover und dann wollte er endlich nach Hause und die Füße hochlegen. Oder in einen Eimer mit Eiswürfeln stecken. Bevor die junge Frau etwas erwidern konnte, fügte er hinzu: „Ich benötige ein Sweatshirt für einen Freund. Burgunderrot, keine Kapuze, Baumwolle, nicht angeraut, keine riesige Aufschrift oder ähnliches."

Die Verkäuferin – laut Namensschild eine Carina Q. - sah ihn noch einen kurzen Augenblick lang verwirrt an. Dann schüttelte sie knapp den Kopf und lächelte wieder aufgesetzt. „Sehr gerne. Darf ich fragen, in welcher Preisklasse sich der Sweater bewegen soll?"

„Die Leute behaupten immer, dies sei ein freies Land. Also, nur zu", erwiderte Valentin und presste die Lippen fest aufeinander. Diese Frau hatte etwas äußerst irritierendes an sich. Allerdings war dies nichts Ungewöhnliches. Valentin empfand die meisten Menschen als irritierend, selbst mit anderen Künstlern war er früher nur schwer ins Gespräch gekommen.

„Ich … nun … also", setzte die Verkäuferin mehrmals an, bevor sie sich räusperte. „In welcher Preisklasse soll sich der Sweater bewegen? Möchten Sie eher etwas kostengünstigeres oder darf es etwas Teures sein, das dafür qualitativ hochwertiger ist?"

Valentin verdrehte die Augen. „Es soll einfach wieder der gleiche sein. Egal, wie teuer er auch sein mag."

„Nun gut. Modern ist das im Moment ja nicht, so ohne alles. Also, genau der gleiche könnte schwierig werden. Außer, Sie wüssten vielleicht die Marke? Dann können wir ihn auch gerne bestellen, wenn wir ihn nicht hier haben."

„Falls."

„Bitte?"

Wieder verdrehte Valentin die Augen. Er knirschte mit den Zähnen. „Ich kenne die Marke nicht. Ich brauche den Sweater jetzt. Sofort."

Carina Q. nickte. Vermutlich sehnte sie sich gerade ebenso sehr den Feierabend herbei, wie Valentin. Oder fragte sich, warum sie heute früh nicht im Bett liegen geblieben war, trotz ihrer Kopfschmerzen. Vielleicht sang sie aber auch gedanklich „Don't worry, be happy".

Jedenfalls war sie aufmerksam genug los zu eilen und einige Sweatshirts einzusammeln, die der Beschreibung halbwegs entsprachen. Nach knapp fünf Minuten kam sie mit ihrer Beute zurück und überreichte sie Valentin.

„Diese Modelle könnten Ihrer Beschreibung nach recht ähnlich sein. Sollte Ihnen einer davon zusagen, suche ich Ihnen gerne die passende Größe heraus." Wieder gewann ihre Professionalität die Oberhand und sie lächelte freundlich, als sei nichts vorgefallen. „Dieser hier ist besonders schön. Biobaumwolle. Kratzt nicht, wäscht sich hervorragend und ist kuschelig weich."

Kritisch beäugte Valentin die Auswahl. Die ersten drei schloss er auf den ersten Blick aus. Aber die Ausgabe aus Biobaumwolle erschien ihm angemessen. Er nahm das Kleidungsstück, hielt es hoch und drehte es um. „Der ist in Ordnung. Mein Freund ist einen halben Kopf kleiner als ich und sehr dünn. Er isst zu wenig. Ich nehme zwei davon in seiner Größe."

„Dann braucht er sie sicher in S. Ich bin gleich wieder zurück", entgegnete die Verkäuferin und verschwand wieder. Dieses Mal aber sichtlich und aufrichtig erleichtert.

In der Zwischenzeit sah sich Valentin bei den Jeans um und erstellte gedanklich eine neue Liste. Auf seinem Weg durch das Kaufhaus war ihm Einiges aufgefallen, das sie gut gebrauchen konnten und wenn er seine Uhr noch für ein paar Tage in der Pfandleihe beließ, konnte er heute 450€ ausgeben und hatte morgen trotzdem noch genügend Geld übrig, um sein Arbeitsmaterial aufzustocken.

„So, bitteschön, eine sehr gute Wahl. Benötigen Sie denn für Ihren Freund auch ein Paar Jeans?", meldete sich Carina zurück. In Ihrer Stimme schwang unterschwellig Angst mit. Über ihrem linken Arm hingen ordentlich zwei burgunderfarbene Sweatshirts. Sie schluckte und wartete auf eine Antwort. Ihr war deutlich anzusehen, dass sie währenddessen eine Salve Stoßgebete gen Himmel schickte.

Valentin wollte diese Angelegenheit möglichst schnell hinter sich bringen., um seinen schmerzenden Füßen und dem Rücken endlich die notwendige Erholung zu bieten. „Von diesem Modell nehme ich noch zwei Paar Jeans. Genau diese Größe und Länge. Außerdem brauche ich zwei paar warme, große Wolldecken, die Farbe spielt keine Rolle. Zwei Meter auf zwei Meter, einsachtzig wäre auch noch akzeptabel." Valentin überlegte kurz, als ihm noch etwas anderes einfiel. „Auf der Informationstafel stand, Sie verkaufen hier auch Elektrogeräte. Verfügen Sie über Luftentfeuchter?"

„Jeans und Decken suche ich für Sie sofort heraus. Aber wegen des Luftentfeuchters müssten Sie im ersten Untergeschoss bei den Kollegen nachfragen", antwortete Carina und suchte bereits die gewünschten Jeans aus einem hohen Stapel. „Wenn Sie möchten, kann ich Ihnen Ihren Einkauf an die Kasse im Erdgeschoss schicken, dort können Sie dann sowohl die Textilien, als auch den Luftentfeuchter bezahlen."

„Nein. Ich nehme die Sachen selbst mit. Bringen Sie mir einfach die anderen Sachen."

Ein zweites Mal verschwand die junge Frau und kehrte in kürzester Zeit mit den gewünschten Gegenständen zurück. Valentin musterte den Stapel, nickte dann knapp und marschierte mit seiner Beute Richtung Rolltreppe. Er musste drei der fahrenden Treppen bemühen, bis er im ersten Untergeschoss landete. Dort empfing ihn ein Mann Mitte dreißig mit Namensschild an seinem rosaroten Hemd.

„Guten Tag, Sir. Kann ich behilflich sein?"

Valentin verdrehte die Augen und schnaubte kurz. Das konnte ja heiter werden ...

Zwanzig Minuten später verließ Valentin mit einer zufriedenstellenden Ausbeute das Kaufhaus und setzte sich gegenüber der Glastüren auf eine Holzbank, um sich vor dem Rückweg eine kurze Pause zu gönnen. Er hatte noch drei weitere Gegenstände besorgt, die ursprünglich nicht auf seiner Liste standen. Das Geld hatte zwar nur gerade so gereicht, aber all die Sachen würden für deutlich mehr Lebensqualität sorgen. Außerdem hatte eine große Werbetafel verkündet, dass aufgrund eines Firmenjubiläums 30% Rabatt auf alle Waren galt, was Valentins Budget deutlich erhöht hatte.

Valentin atmete durch und schloss für einen Moment die Augen. Die Sonne schien ihm direkt ins Gesicht, war aber leider kaum dazu in der Lage ihn zu wärmen. Da es jedoch weder regnete, noch besonders windig oder neblig war, hegte Valentin keinerlei Groll gegen das Wetter. Zudem hatte er hier auf dieser Bank ein wenig Ruhe. Die nächsten Menschen liefen erst in einigen Metern Entfernung an ihm vorbei. Ihre Schritte und Stimmen waren gedämpft und verschmolzen mit dem Verkehrslärm fahrender, bremsender und startender Autos. Hin und wieder klingelte jemand mit dem Fahrrad. Ein Lastwagen hupte. Ein kleines Kind schrie nach einem Lutscher.

Für zehn Minuten wirkte die Welt um ihn herum ein kleines Stück weniger verrückt. Dann erhob sich Valentin widerwillig von seiner Bank, schnappte sich die fünf großen Einkaufstaschen und machte sich auf den Weg nach Hause.

„Was soll das werden?", fragte Valentin verwundert, als er in den düsteren Wohnraum eintrat. Er beobachtete Bader, der auf recht umständliche Weise versuchte, den roten Teppichkehrer über den Boden zu schieben. Dabei knurrte der Student in unregelmäßigen Abständen wütend und entnervt.

Bader drehte sich um und musterte Valentin seinerseits mit einem verwunderten Gesichtsausdruck. Er stützte sich auf das Putzgerät und kniff die Brauen zusammen. „Wo hast du denn den ganzen Krempel her?"

Krempel?

Valentin fühlte sich durch dieses Wort persönlich beleidigt.

Krempel.

Dabei war er unfassbar früh aufgestanden und hatte derart viel Energie in die Beschaffung dieser Güter gesteckt!

Krempel!

Valentin biss die Zähne zusammen und unterdrückte einen bissigen Kommentar. Stattdessen quetschte er: „Aus einem Kaufhaus", zwischen den Zähnen hindurch.

„Geklaut?", hakte Bader nach und in seinem Tonfall lag eine seltsam vorwurfsfreie Selbstverständlichkeit.

„Gekauft", erwiderte Valentin und stellte die prall gefüllte Einkaufstüten und einen großen Pappkarton am Boden ab.

„Und du hast meine Frage nicht beantwortet."

Der Student kniff die Brauen noch etwas enger zusammen. Immer wider wanderte sein skeptischer Blick von den Tüten zu Valentin und zurück zu den Tüten. Nach einer Weile antwortete er: „Ich kehre den Boden. Wie vereinbart."

„Ich erledige das", hörte Valentin sich sagen und zuckte unbewusst zusammen. Bitte was? Woher war dieser Satz denn plötzlich gekommen? Warum sollte er etwas derart Unsinniges sagen? Ganz zu schweigen davon, es tatsächlich zu tun? Schließlich hatte er Bader sogar dafür bezahlt, dass er den Teppichboden kehrte und den Müll raus brachte und all den anderen Quatsch erledigte.

„Das ist nicht nötig", widersprach Bader und fügte hinzu: „Außerdem hast du mich dafür doch schon bezahlt und ich

könnte dir das Geld nicht einmal zurückgeben, wenn ich wollte."

Valentin hätte erleichtert sein können.

Er hatte ein äußerst großzügiges Angebot gemacht, das dankend
abgelehnt worden war. Nun ja. Nicht unbedingt dankend. Aber
es war abgelehnt worden. Damit hatte er seine Schuldigkeit getan. Sein Vater wäre mit Sicherheit sehr erfreut gewesen. Und
nach diesem anstrengenden Arbeitstag hatte er sich redlich eine
Pause verdient. Trotzdem fühlte er sich alles andere als erleichtert. Für ein paar Atemzüge beobachtete er, wie Bader seine Tätigkeit wieder aufnahm, dann ging ein Ruck durch Valentin. Mit
zwei großen Schritten war er bei dem Studenten. Er nahm ihm
das Kehrgerät aus der Hand und sagte: „Falls du wirklich wissen
willst, wie ich zu den ganzen Sachen gekommen bin, dann setzt
du dich jetzt auf deine Matratze. Oder noch besser: du legst dich
hin. Deine Bettruhe gegen meine überaus spannende Geschichte. Ein einmaliges Angebot. Nimm es oder lass es."

„Und wenn ich es nicht annehmen?", erwiderte Bader und reckte sein Kinn rebellisch in die Höhe.

Valentin zuckte mit den Schultern. „Dann kehre ich hier trotzdem, aber du wirst nie erfahren, wie ich all die wunderbaren Sachen für uns besorgt habe. Du hast noch zehn – neun – acht ..."

„Für uns?", unterbrach Bader hörbar verwirrt den Countdown.

„... fünf ... vier ...", zählte Valentin unbeirrt weiter.

Bader schnaubte, ging drei Schritte zu seiner Matratze und setzte sich. „Also gut du hast gewonnen. Dann erzähl mal. Aber vergiss dabei das Kehren nicht."

Und so begann Valentin zu erzählen; von seinem Weg zur
Pfandleihe, seiner Materialbeschaffung, den Touristen, die er ge-
malt hatte und seinem Einkaufstrip ins Kaufhaus. Bis dahin war
Bader ein geduldiger und äußerst schweigsamer Zuhörer, aber

kaum, dass Valentin geendet hatte, stellte der Student eine Frage nach der anderen. Obwohl die Ereignisse sich recht kurz zusammenfassen ließen dauerte es fast eine dreiviertel Stunde, bis alle Fragen des Studenten geklärt waren.

In der Zwischenzeit hatte Valentin den gesamten Raum bereits vier Mal komplett gekehrt ohne es überhaupt zu bemerken. Bader war von einer sitzenden in eine liegende Position übergegangen und hatte die letzten Fragen mit geschlossenen Augen gestellt. Dabei hatte er immer wieder das eine oder andere Gähnen unterdrücken müssen.

Valentin war nichts davon entgangen: weder die Müdigkeit des Studenten, noch sein blasses Gesicht und auch nicht das leichte Zittern unter der dünnen Bettdecke. Als er mit Erzählen fertig war, lehnte er deshalb den Teppichkehrer gegen die Wand. Sie fühlte sich feucht und kalt an.

Valentin schauderte.

Dann ging er zu seiner Beute und fischte eine der neuen Decken aus der linken Tüte. Er trug sie zu Bader und breitete sie über dem Studenten aus.

„Riecht gut", murmelte Bader und klang dabei ein wenig überrascht.

„Ich bin auf dem Rückweg an einem Waschsalon vorbei gekommen. Das war eine ... neue Erfahrung. Keine, auf deren Wiederholung ich allzu großen Wert lege. Alte Frauen können verdammt unfreundlich werden, wenn man seine Wäsche in ihre Stammwaschmaschine packt", erwiderte Valentin und kehrte zu seinen Tüten zurück. Er öffnete den Karton und packte den Luftentfeuchter aus, den er vom Berater in der Elektronikabteilung erhalten hatte. Angeblich ein Gerät, das hervorragend zur Regulierung der Luftfeuchtigkeit und zur Trocknung von feuchten Wänden geeignet war.

Am oberen Ende befanden sich Schlitze, durch die wohl einerseits Wärme zum Trocknen abgegeben werden konnte, als auch Luft angesaugt und die Feuchtigkeit herausgefiltert wurde. An der unteren Vorderseite war ein blaues Auffangbehältnis angebracht, in dem sich das Wasser aus der Luft sammelte.

Der Entfeuchter würde sich automatisch abschalten, sobald die gewünschte Luftfeuchtigkeit erreicht war, hatte der Berater behauptet. Dies sei besonders stromsparend und dadurch eigne sich das Gerät für den Dauergebrauch. Sobald die Feuchtigkeit wieder zunehme, schalte sich das Gerät automatisch wieder ein.

Valentin warf dem hässlichen Wunderwerk moderner Technik einen skeptischen Blick zu.

Trotz allem benötigte das Ding Strom.

Er war sich nicht ganz sicher, ob das alte Stromnetz in der heruntergekommenen Wohnung dieser Belastungsprobe standhalten würde, aber er musste das Risiko wohl oder übel eingehen. Der Berater kannte sich nicht nur mit Elektrogeräten aus. Der Mann hatte in den letzten Jahren auch einige Erfahrungen mit feuchten Kellerräumen und dem einhergehendem Schimmel gemacht und Valentin eine ganze Liste an Tipps und Hinweisen gegeben. Zuerst musste er dafür sorgen, dass die Räume hier unten trocken wurden. Dafür brauchte er den Luftentfeuchter und musste ordentlich durchlüften.

Nachdem Valentin das Gerät angeschlossen hatte, öffnete er deshalb das kleine Fenster und anschließend, nachdem er kurz gelauscht hatte, ob Herr von Walden zu Hause war und durch die obere Wohnung polterte, die Wohnungs- und die Haustür. Sofort spürte er einen kalten, starken Luftzug. Valentin sah auf seine Armbanduhr.

115

Zehn Minuten, mindestens drei Mal täglich, das war die Empfehlung gewesen. Die restliche Zeit würde das Gerät arbeiten und die Luft nach und nach trocken legen. Valentin warf einen kurzen Blick auf Bader, der unter den beiden Decken eingeschlafen war.

Ein seltsames Gefühl durchstreifte ihn, das Valentin nicht einordnen konnte. Er sah dem Studenten ein paar Minuten lang beim Schlafen zu. Weder verstärkte sich das Gefühl, noch nahm es ab. Es war einfach nur da und verwirrte ihn. Aber dann riss Valentin seine Augen von dem Studenten los und räumte die Einkaufstüten aus.

Jeans, Sweater und Socken für Bader. Ein paar weitere Decken. Haltbare Nahrungsmittel in Dosen oder in luftdichten Plastiktüten eingeschweißt. Ein gut sortierter Verbandskasten. Ein zwölfteiliges Besteckset. Fehlte nur noch -

Jemand klopfte an der Wohnungstür. Valentin eilte durch die Wohnung und traf auf Frau Thaler. „Draußen steht ein kleiner Kastenwagen. Zwei Männer behaupten, sie sollen hier eine Kommode ausliefern", informierte ihn die Köchin. Ihr Blick war eine Mischung aus Neugier und Misstrauen.

„Wie schön", erwiderte Valentin mit einem Lächeln. „Sagen Sie ihnen bitte, sie sollen die Kommode gleich herein bringen. Aber leise. Bader schläft."

„Verraten Sie mir auch etwas?", fragte Valentin, als er auch noch Frau Thaler erklärt hatte, wie er zu all den Sachen gekommen war.

Die Köchin hatte sich recht skeptisch gegeben und befürchtet, durch Valentins Aktivitäten könnten noch mehr zwielichtige Gestalten angezogen werden. Nun hingegen schien sie beruhigt. Sie schenkte ihm etwas Kaffee nach, legte den

Kopf leicht schief und sagte: „Ich habe dir schon einmal gesagt, ich bin kein Tratschweib."

„Es geht mir nicht um unsinnigen Tratsch", entgegnete Valentin und hob abwehrend die Hände. „Ich frage mich nur, wie es sein kann ... die Wohnung oben und Ihre Wohnung hier, das ist alles liebevoll renoviert worden, bis ins letzte Detail. Und unsere Wohnung ist ..." Er brach mitten im Satz ab, in dem Bemühen, ein Wort zu finden, das den Zustand der Wohnung treffend beschrieb, ohne beleidigend oder vorwurfsvoll zu klingen.

Frau Thaler kam ihm jedoch zuvor. „Ein heruntergekommenes Loch", vollendete sie seinen Satz, ohne mit der Wimper zu zucken.

Valentin hob beide Augenbrauen an. „Äh ... ja." Er nippte von seinem Kaffee und genoss den herben Geschmack auf der Zunge. Bevor er bei Bader gelandet war, hatte er guten Kaffee als Selbstverständlichkeit betrachtet, als eine Lebensgrundlage, derer niemand beraubt werden durfte. Leider erwies sich Baders Pulverkaffee als nicht zu trinkende Zumutung, weshalb Valentin gewaltig auf Entzug war. Die erste Tasse Kaffee hatte er deshalb auf einen Zug leer getrunken, während er die zweite nun bestmöglich genoss.

Einen Moment lang blickte Frau Thaler nachdenklich auf die ordentlich gebügelte Tischdecke, dann lächelte sie traurig. „Sie haben das Haus gekauft und zusammen renoviert, Zimmer für Zimmer, zuerst meine Wohnung, dann die obere Etage. Aber dann ..." Tränen schimmerten in ihren Augen, sie schluckte schwer gegen den Kloß in ihrem Hals an. Dann jedoch ging ein Ruck durch die Köchin, sie wischte sich die Tränen aus den Augenwinkeln und zwang ein Lächeln auf ihre Lippen. „Herr von Walden ist Witwer, seit über zwei Jahren. Er wollte mit diesem Haus nichts mehr zu schaffen haben und hat sich auf das Anwesen der Familie zurückgezogen. Ich habe ihn dazu überredet, hierherzukommen, damit er wieder unter Menschen ist. Ein paar nette Leute kennen lernt."

„Oh." Valentin verharrte mit der auf Hochglanz polierten Gabel in der Hand, den Kuchen vor dem Mund. Verdammt. Da hatte er ja voll ins Schwarze getroffen.

„Ja. Genau. Da hast du mir einen ordentlichen Strich durch die Rechnung gemacht", sprach Frau Thaler seine Gedanken aus und nippte von ihrem Kaffee.

„Das ... das tut mir Leid", murmelte Valentin und ließ die Gabel sinken.

„Sollte es dir auch. Der Herzog ist schon gestraft genug, da braucht er nicht auch noch einen wie dich." Sie stach mit der Gabel ein Stück von der Himbeersahnetorte ab und betrachtete es dann kritisch, als erwarte sie, dass jeden Moment ein Wurm heraus kroch. „Du kannst von Glück reden, dass du ein guter Junge bist, sonst hätte ich dich längst vor die Tür gesetzt. Hochkant."

Das glaubte Valentin Frau Thaler aufs Wort. „Woher wollen Sie das wissen?", fragte er und schob sich doch noch etwas von der Torte in den Mund, bevor er seine Kaffeetasse erneut leerte und sich hastig nachschenkte.

Wer konnte schon wissen, wann er wieder in den Genuss solcher Köstlichkeiten kam?

„Deine Bilder haben mir nie gefallen. Ich mag keine moderne Kunst. Jeder kann Farbpinsel gegen Leinwände werfen oder Farbe auf ein Blatt Papier furzen. Deswegen ist es noch lange keine Kunst."

„Ich habe noch nie in meinem Leben ..."

„Solche Spinnereien bewegen bei mir nichts. Ich mag Bilder, vor denen ich stehe und die mich direkt und sofort ansprechen. Monet finde ich sehr hübsch", verkündete Frau

Thaler unverblümt und ignorierte dabei völlig Valentins Einwand. „Jedenfalls: Ich habe die Schlagzeilen über dich gelesen."

Valentin fiel die Gabel aus der Hand.

Sie landete klirrend auf dem Teller, rutschte vom Rand ab und schepperte noch kurz auf dem Tisch, bevor sie zum Liegen kann. Mit einem Schlag war ihm hundeelend zumute. Ruckartig stand er auf, die Hände am Tisch. „Ich … ich habe nicht … es war nicht …", stammelte er auf der Suche nach einer Erklärung oder wenigstens einer Rechtfertigung.

Aber Frau Thaler schüttelte nur den Kopf. „Das brauchst du mir nicht zu sagen. Ich habe deinen Gesichtsausdruck auf einem der Bilder gesehen, als die Käfige enthüllt wurden." Sie legte ihre Hände auf die seinen. „Ich wünschte, sie hätten den Dreckskerl gefunden, der den Tieren das angetan hat. Und dir." Dann zog sie ihre Hände wieder zurück, warf einen Blick auf die Uhr und erhob sich von ihrem Stuhl. „Und jetzt verschwinde aus meiner Wohnung, ich muss den Braten aus dem Ofen holen. Der Herzog kommt bald nach Hause und braucht etwas Ordentliches in den Magen." Die Köchin nickte in Richtung Torte. „Nimm noch zwei Stück davon mit und gib eins Niklas. Der Junge hat zu wenig auf den Rippen." Damit drehte sie sich um und marschierte in Richtung Küche davon.

Kurz blieb Valentin vor dem Tisch stehen, wie von Blitzeis festgefroren, doch dann sickerten die Worte der Köchin in sein Gehirn. Dem Herzog wollte er nun noch weniger begegnen, als zuvor. Hastig schob er zwei Stück Torte auf seinen Teller, leerte die Kaffeetasse in einem Zug und eilte zur Wohnungstür. Gerade, als er sie hinter sich zuziehen wollte, steckte er doch noch einmal den Kopf herein. „Danke!", rief er in die Wohnung, ohne auf eine Antwort zu warten.

8

Als Bader wieder erwachte, erhielt Valentin doch noch den Zuspruch, den er sich verdient zu haben glaubte. Denn der Anblick des leise vor sich hin brummenden Lüfters und der hübschen neuen Kommode ließen Bader große Augen machen. Augen, mit denen er zuerst verdutzt blinzelte und die er sich dann mehrmals rieb. Schließlich schob er die beiden Decken beiseite und sagte: „Sieht gut aus."

Bader streckte und reckte seine Glieder, was nicht ganz schmerzlos verlief. Er verzog missmutig das Gesicht und hustete. Auch das verursachte ein gewisses Maß an Schmerzen. Um sich davon abzulenken, konzentrierte er sich auf seinen Mitbewohner. „Du hättest dir in dem Kaufhaus alles Mögliche aussuchen können. Warum ausgerechnet diese Sachen?"

Valentin lag auf seiner eigenen Matratze und hatte die Hände unter dem Hinterkopf verschränkt. Er sah mit halb geöffneten Augen zur Decke und gähnte. „Das liegt doch auf der Hand", erwiderte er wenig gesprächig.

„Nicht für mich", entgegnete Bader und stemmte sich in die Höhe. Kurz wurde ihm schwarz vor Augen. Er schluckte und biss die Zähne zusammen. Dann verflog das Schwindelgefühl und er ging zur neuen Kommode. Sie war aus massivem Holz gefertigt und rauchblau gestrichen. In der oberen Reihe fanden sich vier kleinere Schubladen, in die man allerhand Kram wie Kugelschreiber, Taschentücher, Post oder Büroklammern werfen konnte. Darunter folgten zwei Reihen mit je zwei Schubladen, die doppelt so breit waren. Bader zog die rechte mittlere Schublade auf. Sie ließ sich leicht und geräuschlos öffnen, die Rollen mussten zur qualitativ hochwertigeren Sorte gehören. Sein Blick fiel auf ein paar schwarze Shorts, die definitiv nicht ihm gehörten.

„Meine Schublade", hörte er Valentin hinter sich sagen. „Es ist wie im Zimmer hier. Die rechte Seite gehört mir, die linke Seite dir."

Ein wenig peinlich berührt und mit einem Hauch Röte im Gesicht, die sein Mitbewohner glücklicherweise nicht sehen konnte, schloss Bader die Schublade wieder und zog stattdessen eine auf seiner Seite auf.

Darin lagen mehrere burgunderfarbene Sweater und ein kleiner Stapel schwarzer und weißer T-Shirts. Der Geruch frisch gewaschener Wäsche stieg ihm in die Nase. „Warum hast du das gemacht?", hakte Bader nach und fügte sicherheitshalber hinzu: „Warum hast du gerade diese Kommode ausgesucht?" Er schob auch diese Schublade zu und öffnete eine der Schubladen in der untersten Reihe: neue Decken, Bettwäsche und dicke Socken.

Einige Meter hinter ihm stöhnte Valentin auf der Matratze, als er sich zur Seite drehte. Die Bewegung schien ihm Schmerzen zu bereiten. „Weil wir die Kommode brauchen. Ebenso wie die anderen Gegenstände."

Bader hob irritiert eine Augenbraue. „Wir?" Mit diesem Wort hätte er aus dem Mund seines Mitbewohners nun wirklich nicht gerechnet. Allerdings hätte er auch nicht gedacht, dass Valentin ausgerechnet eine Kommode anschleppte, sobald er eine eigene Einnahmequelle entdeckt hatte.

Erneut stöhnte Valentin gequält, während er sich, wohl auf der Suche nach einer angenehmen Position, zur anderen Seite drehte. „Ja. Wir. Du und ich. Wir beide - im Gegensatz zu den anderen." Er rollte sich geräuschvoll auf den Rücken und starrte die triste Zimmerdecke an. „Wir brauchen auch noch neue Tapete, Kleister und ein paar Kanister Essig. Ein richtiger Esstisch wäre auch angebracht."

„Warum machst du dir die Mühe? Du kannst doch jederzeit zu deinem Vater zurück. Das weißt du ganz genau." Bader wandte sich um und lehnte sich mit dem Rücken gegen die Kommode. Aus den Augenwinkeln betrachtete er kurz den brummenden Luftentfeuchter, bevor er seine ganze Aufmerksamkeit Valentin schenkte. „Nicht, dass ich die Sachen nicht gut finde. Versteh mich nicht falsch. Das Regal hätte es sicher nicht mehr lange gemacht. Aber du wirst ohnehin nicht hier bleiben. Nicht auf Dauer."

Valentin rührte sich nicht. „Was, wenn doch?", fragte er in die Stille.

Wieder kniff Bader die Brauen zusammen. „Wie meinst du das?" Er verschränkte die Arme vor dem Oberkörper – oder wollte es zumindest. In seiner Überraschung hatte er seinen verletzten Arm vergessen. Jetzt zuckte er zusammen und unterdrückte einen groben, lauten Fluch, der ihm auf der Zunge lag. Trotzdem konnte er seinen Blick nicht von Valentin lösen.

Noch immer rührte sich Valentin nicht. Er blieb mit den Augen starr an die Decke hinauf gerichtet liegen und räusperte sich. „Wenn ich auf Dauer hier einziehen würde ... wäre das für dich sehr schlimm?" Noch bevor Bader etwas erwidern konnte, sagte er: „Ich weiß, dass ich kein leichter Mitbewohner bin. Aber ich kann nützlich sein." Es war keine Entschuldigung oder gar eine Verteidigung, sondern eine bloße sachliche Feststellung. Wenn er täglich loszog, um Touristen seinen wertlosen Plunder anzudrehen, konnte Valentin Geld für die Miete beisteuern. Oder zu den Mahlzeiten.

„Hatte schon schlimmere", entgegnete Bader und neigte den Kopf zur Seite. „Mit dir könnte ich es aushalten." Ein leises

Knurren aus seiner Magengegend wies ihn darauf hin, dass es Zeit für eine Mahlzeit war. Bader stieß sich von der Kommode ab und trat an Valentins Matratze heran. „Wenn es dir mit dem dauerhaften Hierbleiben ernst ist, dann ...", setzte er an und streckte dann seine Hand aus.

Valentin drehte sich um und musterte die ausgestreckte Hand. Seine Haare waren zerzaust und sein Hemd vom Herumliegen zerknittert. „Dann was?"

„Ich bin Niklas."

„Das weiß ich."

Bader seufzte. „Ich meinte: Ich heiße nicht nur Niklas, sondern du kannst mich auch so nennen."

„Hm." Valentin blinzelte. Seine Augen musterten den Studenten kritisch, als versuche er ein schwieriges Rätsel zu lösen. Mit einem Mal entspannten sich seine Gesichtszüge. „Das ist so etwas wie ein Freundschaftsangebot."

„Ja."

„Rhetorisch verbesserungswürdig", entgegnete Valentin, aber dann ergriff er Baders Hand. „Nun – in diesem Sinn: ich bin Valentin."

Erleichtert atmete Bader auf. Er zog seine Hand wieder zurück und verkündete: „Ich koche uns was zu essen."

„Sehr gut. Ich bin am Verhungern."

9

„Dein Stipendium, wie hast du es verloren?", fragte Valentin plötzlich in den dunklen Raum hinein.

Er lag auf seiner Matratze, Bader war noch wach. Ein wenig fühlte er sich an seine Kindheit erinnert, die Besuche seines Cousins, den ganzen Tag lang draußen spielen und herum toben und abends, wenn es längst „Licht aus, Schlafenszeit" geheißen hatte, noch geflüsterte Unterhaltungen, geredet, gelacht, erzählt in der dunklen, wohligen Gemütlichkeit ihrer Betten, weil der Tag nicht ausreichte, um all das, was in den getrennt voneinander verlebten Wochen und Monaten geschehen war, nachzuholen. Oft war Jakob zu ihm ins Bett geklettert, damit sie noch leiser reden konnten und auf keinen Fall erwischt wurden. Ihre Freundschaft, ihre Zusammengehörigkeit war immer vollkommen selbstverständlich gewesen.

Wohin war sie verschwunden?

Und würde sie wiederkommen, wenn Valentin danach fragte? Was, wenn nicht? War es das Risiko wert, die Hoffnung darauf endgültig zu verlieren?

„Familien halten zusammen", sagte Bader leise in die stille Nachdenklichkeit Valentins hinein. „Aber manchmal, da kann man sich gegenseitig nicht halten, nicht auffangen, weil der Abgrund so groß ist, das er alles und jeden in die Tiefe reißt. Dabei geht Vieles verloren. Ein Stipendium ist darunter noch das Geringste."

Valentin schluckte. Er konnte ihn hören, den Ton in Baders Stimme, diese endlose Traurigkeit, die einen nicht losließ, oder die man selber vielleicht auch gar nicht loslassen wollte, dieser Schmerz, der aufflammte, wann immer Valentin über den Tod seiner Mutter sprach. „Es tut mir Leid", sagte er deshalb flüsternd, aufrichtig, mit Beklemmung in der Brust und einer Gänsehaut auf den Armen und Beinen.

Deine Mutter hätte nicht gewollt, dass du dich so gehen lässt.

Verdammt viele Menschen hatten ihm diesen schrecklichen Satz gegen die Stirn geknallt. Aber was hatten die schon von ihr gewusst? Keiner von denen hatte sie auch nur ansatzweise gut genug gekannt, um solche Aussagen über sie treffen zu können. Wie sehr er diese Leute doch für ihre oberflächlichen Plattitüden gehasst und verabscheut hatte. Der einzige Mensch, der das Recht dazu gehabt hätte, über seine Mutter auf diese Weise zu sprechen, hatte diese spezielle Karte nie ausgespielt. Als sich Valentin nach dem Vorfall in der Galerie vollkommen zurückzog und von allen abschottete und selbst mit dem Malen aufhörte, hatte sein Vater eines abends gesagt: „Deine Mutter hätte gewusst, was sie tun muss."

Kein Angriff, kein Vorwurf. Nichts, als eine Entschuldigung, als Ratlosigkeit – und der bloße Schmerz und die Trauer darüber, sie verloren zu haben. Selten hatte Valentin seinen Vater mehr geliebt, als in diesem Moment. Auch, wenn er ihm das nie gesagt, nie gezeigt hatte.

„Er wollte, dass wir es besser haben, als er selbst. Leichter im Leben vorwärts kommen, nicht immer auf das Geld schauen müssen. Er hat diesen Leuten geglaubt, ihnen vertraut und sie haben ihm mehr weggenommen, als er jemals hätte erarbeiten können. Das hat ihm das Herz gebrochen. Er hat sich ... er ist ..." Baders Stimme verebbte, er brachte keine Silbe mehr über die Lippen.

Valentin schluckte gegen den Kloß in seinem Hals an. „Ich hätte nicht fragen sollen, entschuldige bitte", murmelte er, so leise, dass er sich nicht einmal sicher war, ob Bader es überhaupt hörte. „Und wir haben nicht einmal Geld für Schnaps, um uns ordentlich zu besaufen", fügte er hinzu.

Noch im selben Moment biss er sich auf die Zunge.

Verdammt.

Das war daneben gewesen. So etwas sagte man nicht, wenn einem das Herz ausgeschüttet wurde. Valentin lauschte in die Dunkelheit hinein, lauschte nach einer Reaktion seines Mitbewohners. Gerade, als er noch etwas anfügen, noch eine weitere Entschuldigung anhängen wollte, traf ihn etwas großes, weiches am Kopf, begleitet von einem: „Autsch, das tat weh."

Irritiert knipste Valentin seine Nachttischlampe an und musterte zuerst Baders Kopfkissen, das neben ihm auf der Matratze lag, und dann Bader, der zu ihm herüber grinste.

„Du bist ein Vollidiot", teilte Niklas ihm mit, die Stimme ungewohnt heiter. „Aber für einen Vollidioten bist du ganz in Ordnung."

Für einen kurzen Augenblick war es, als würde Jakob zu ihm herüber grinsen, aber dann war da wieder Baders Gesicht, das etwas an seiner Heiterkeit eingebüßt hatte und wieder eine Spur ernster drein sah. Valentin schüttelte den Kopf. „Ich vermute mal, das war das Netteste, was mir seit einer ganzen Weile an den Kopf geworfen wurde. Metaphorisch und buchstäblich."

„Gern geschehen. Und jetzt schmeiß meinen Kissen zurück und mach das Licht aus, ich bin hundemüde. Sentimentaler Krempel ist furchtbar anstrengend." Er streckte seinen gesunden Arm aus und wartete.

Valentin betrachtete das Kissen, hob es hoch, knautschte es etwas zusammen und warf es dann zu Bader hinüber. Der fing es erstaunlich geschickt mit nur einer Hand auf, legte sich wieder hin und stopfte es sich unter den Kopf. „Licht aus", erinnerte er ihn und gähnte herzhaft, bevor er Valentin den Rücken zudrehte.

„Gute Nacht", murmelte Valentin, kratzte sich am Ellenbogen und knipste das Licht aus. Immerhin: Er hatte seine Antwort bekommen. Mit diesem neuen Wissen schlief er schließlich ein.

Von da an nahmen Valentins Tage wie von selbst einen für ihn eher untypischen Rhythmus an: früh aufstehen und zurechtmachen, um mit einem Stoffbeutel, in dem sich seine Pinsel und Farben befanden, in die Innenstadt zu pilgern. Dort kaufte er an die zwanzig Leinwände und setzte seinen Weg fort zur nächstbesten Touristenfalle. Mal setzte er sich an die Räuberbrücke, mal in die Nähe des Großen Tors, mal gleich neben den Fräulein-Nierkcz-Brunnen. Er wartete auf Touristen, zeichnete währenddessen auf seinen Zeichenblock und überlegte, was sie noch alles für die Wohnung benötigten.

Jeden Nachmittag lief er dann in einen Laden und organisierte ihnen zusätzliche Besitzgüter. Eine Hängelampe hier, ein paar Kissen dort. In einem großen Baumarkt ergatterte er mehrere Rollen Tapeten samt Kleister und Werkzeug zu einem überaus günstigen Preis, da ein Räumungsverkauf stattfand.

Gegen Abend kehrte Valentin nach Hause zurück, wo Niklas bereits mit dem warmen Essen auf ihn wartete. Manchmal duftete es liebreizend durchs ganze Haus, allerdings waren das die Tage, an denen Frau Thaler für sie kochte. Ansonsten gab es weniger gut duftende, aber akzeptable Gerichte, die meist mit Nudeln oder Reis in Verbindung standen.

Nach dem Essen half Valentin beim Aufräumen und Putzen.

Außerdem verteilte er mit Niklas seine Ausbeute in der Wohnung, bevor er sich das Gesicht auswusch und zur nächsten U-Bahn-Station lief, um zu Alice zu fahren. Dort verbrachte er den späten Abend und manchmal auch die halbe Nacht.

Wieder zurück in der Katharinenstraße schlich er in die Küche und steckte den Lohn in das dafür vorgesehene Gurkenglas. Leise wusch er sich im Bad das Gesicht und zog sich um. Und dann tapste er auf Zehenspitzen ins Wohnzimmer. Vorsichtig hob er die Decke an und schlüpfte zum schlafenden Niklas unter die Decke.

Zwar hatte sein Mitbewohner dank Heizgerät und Decken aufgehört im Schlaf mit den Zähnen zu klappern, aber aus einem ihm unerfindlichen Grund konnte Valentin auf seiner eigenen Matratze nicht mehr schlafen.

So verging eine ganze Woche. Mit jedem Tag sah Niklas ein kleines Bisschen erholter aus. Die blauen Flecken im Gesicht und an den Armen wurden zuerst dunkler, bevor sie verblassten. Seine Haltung und seine Atmung veränderten sich. Niklas wurde wieder entspannter und auch fröhlicher. Hin und wieder boxte er Valentin gegen die Schulter, was diesen jedes Mal aufs Neue irritierte – und gefiel.

Als Valentin am Samstag früh morgens erwachte, waberte der Duft frischen Kaffees durch die Wohnung. Und noch etwas anderes lag in der Luft … Valentin schnupperte mit geschlossenen Augen. Bevor er es bemerkte, lächelte er bereits. Er schlug die Augen auf und die Bettdecke zurück. Von Niklas fehlte jede Spur. Für einen Moment überlegte Valentin, ob sein Mitbewohner vielleicht die Flucht ergriffen hatte. Bisher war Valentin immer erst zu ihm ins Bett gekrochen, wenn Niklas bereits schlief und hatte sein Bett wieder verlassen, bevor er erwachte.

Aber der Geruch nach Kaffee und warmen Brötchen vertrieb diesen Gedanken aus seinem Kopf. Valentin stand auf und tapste barfuß durchs Wohnzimmer. Er folgte dem Ge-

ruch in die winzige Küche. Da Niklas vor der kleinen Küchen-
zeile stand, musste Valentin in der Tür stehen bleiben. Er verschränkte die Arme vor dem Oberkörper und lehnte sich mit
der Schulter gegen den Rahmen.

„Guten Morgen", grüßte ihn Niklas ohne sich nach ihm umzu-
drehen.

Valentin zuckte zusammen. Er war leise gewesen. Praktisch geräuschlos. Wie hatte Niklas ihn hören können? Aber dann entspannte er sich wieder. Was spielte das schon für eine Rolle?
Immerhin schien er es ihm im Gegensatz zu ein paar äußerst
nachtragenden Bären nicht übel zu nehmen, dass er in seinem
Bett geschlafen hatte und das war im Moment sehr viel wichti-
ger. „Riecht gut", murmelte Valentin und gähnte. Sein Blick fiel
auf den Rundtisch, auf dem zwei Teller, Tassen und doppeltes
Besteck gestapelt lagen.

„Du kannst drüben schon den Tisch decken. Frühstück ist gleich
fertig", verkündete Niklas und klang fast schon vergnügt.

Valentin stieß sich vom Türrahmen ab und hob den kleinen Stapel hoch. Er trug ihn ins Wohnzimmer und betrachtete kritisch
den Straßencafé-Tisch. Wirklich viel Platz war darauf nicht. Allerdings standen mittlerweile eine ganze Menge Möbel in dem
Wohn- und Schlafzimmer, ein richtiger Esszimmertisch passte
da nirgends mehr dazwischen.

Während Valentin den Tisch deckte, streifte sein Blick immer
wieder seine Matratze. Sie lag unberührt und ungenutzt in der
rechten Ecke des Raums. Eigentlich ... nun ja ... eigentlich war
das doch ...

„Achtung, heiß und fettig", rief ihm Niklas zu und riss ihn dabei
aus seinen Gedanken. Er balancierte ein voll beladenes Tablett
herein. Kurz sah er sich um. Auf dem Tisch konnte er nichts davon mehr unterbringen. Niklas zuckte mit den Schultern und

stellte das Tablett neben dem Tisch am Boden ab. Dann ließ er sich auf einen der beiden Stühle fallen.

„Du bist heute äußerst gut gelaunt", bemerkte Valentin und setzte sich ebenfalls. Er beobachtete Niklas, der ihm Kaffee einschenkte und grinste.

„Darf ich nicht?", fragte der Student und grinste noch breiter. „Brötchen? Croissant? Gebäck?" Niklas legte den Kopf schief und wartete auf eine Antwort.

Valentin runzelte die Stirn. Etwas stimmte nicht. Ganz und gar nicht. Dieses Frühstück, das früher für ihn eine Selbstverständlichkeit dargestellt hatte – für den sparsamen Niklas war es dekadent, eine maßlose Verschwendung, ein Maß an Luxus, das sich der Student nie grundlos geleistet hätte. Folglich musste etwas vorgefallen sein.

Anscheinend dauerte es Niklas zu lange.

Anstatt auf eine Antwort zu warten, legte er Valentin ein Croissant auf den Teller. Dann pflückte er sich selbst eines aus dem Körbchen und riss ein Stück herunter. Noch immer grinsend schob er es sich in den Mund. „Hast du vor mich noch länger so anzustarren? Oder wirst du auch noch etwas essen?" Niklas zupfte erneut an seinem Croissant und schob sich das Stück in den Mund. Er kaute und grinste und kaute und grinste. Dann spülte er alles mit einem großen Schluck Kaffee hinunter.

„Aus welchem Grund hast du für das Frühstück so viel Geld ausgegeben? Davon hätten wir sicher Konservendosen für eine ganze Woche kaufen können." Valentin hatte nicht anklagend oder tadelnd klingen wollen, doch als seine eigenen Worte auf seine Ohren trafen, klangen sie irgendwie fast schon wie die seines Vaters.

Ein kalter Schauder lief über Valentins Rücken. Himmel, wurde er jetzt wie Ferdinand? Konnte es sein, dass er wirklich …

„Ich hatte gedacht, du würdest dich über das Frühstück freuen", erwiderte Niklas und senkte sichtlich enttäuscht sein Croissant. „Wo du doch die ganze Woche geschuftet hast." Dann jedoch kehrte das Lächeln auf sein Gesicht zurück. „Aber ich habe noch eine andere Überraschung für dich und darüber wirst du dich sicher freuen." Während Niklas vom Tisch aufsprang, schob er sich einen neuen Brocken des Croissants in den Mund und lief zur Wohnzimmertür hinaus. Draußen kramte ungeduldig in einer der Schubladen im Vorratsschrank.

„Ha!", stieß Niklas laut triumphierend aus und schnell kehrte ins Wohnzimmer zurück, das Geschenk wie eine Trophäe hoch erhoben. „Hier. Für dich", verkündete er mit einem breiten Grinsen im Gesicht und reichte Valentin eine flache Pappschachtel von der Größe zweier Schuhkartons.

Skeptisch musterte Valentin die Schachtel. Sein Magen zog sich ihm zusammen. Er dachte an Niklas' enttäuschte Augen nur wenige Momente zuvor. Was, wenn er ihn jetzt gleich erneut enttäuschen würde? Wenn er auf dieses für Niklas offensichtlich sehr wichtige Geschenk versehentlich wieder rücksichtslos und mit ungenügender Wertschätzung reagierte?

Im Zwischenmenschlichen war Valentin noch nie gut gewesen. Das war der Vorteil daran, Künstler zu sein. Niemand hatte das jemals von ihm erwartet, alle hatten ihm seine Macken und Eigenheiten verziehen und als „typisch Künstler" abgetan. Auf diesen Bonus konnte er sich hier und jetzt definitiv nicht mehr berufen.

Valentin schluckte und nahm die Schachtel entgegen. „Danke", erwiderte er, während sein Mund austrocknete und seine Zunge am Gaumen festklebte. *Freu dich, verdammt!,* schalt er sich gedanklich, *Freu dich und sei nett!* Dann öffnete er mit stockendem Atem die Schachtel.

„Ich weiß, es sind nur ein paar wenige", entschuldigte sich Niklas und wirkte nun beinahe verlegen. „Und eine Leinwand dazu fehlt auch noch." Er biss sich auf die Unterlippe und zuckte mit den Schultern. „Aber ich habe mir gedacht, wenn du vielleicht erst einmal mit unseren Wänden, den Möbeln oder den Türen vorlieb nimmst", er sah sich um und deutete vage durch den Raum, „dann könntest du jetzt schon ein wenig malen."

Mit starrer Miene musterte Valentin den Inhalt des kleinen Pakets. Den Großteil machten Zeitungs- und Seidenpapier aus, in schmutzigem Grau und Braun. Das Zeitungspapier roch ein wenig fischig. Aus den Augenwinkeln sah Valentin, wie Niklas nervös das Gewicht von einer Seite auf die andere verlagerte. Noch ein paar Sekunden länger und der Student würde unruhig auf seinem Stuhl hin- und herrutschen.

„Außerdem arbeite ich ab heute wieder", brach Niklas wie auf ein geheimes Stichwort das Schweigen. „Das heißt, du kannst deine Abende wieder anders nutzen. Du musst nicht mehr zu Alice. Du könntest zu mir an die Uni. Einer meiner Kommilitonen hat einen Schlüssel zu den Kunstsälen, also. wenn du möchtest, kannst du dich dort bis spät in die Nacht austoben. Oder du ..."

Vermutlich hätte Niklas noch eine Weile nervös weiter geredet, hätte nach ein paar Minuten seine Sätze nicht mehr vollendet und gestammelt, weil ihm nichts mehr einfallen wollte, wäre dann in enttäuschtes Schweigen übergegangen und hätte schließlich mit hängendem Kopf den Raum verlassen.

Valentin dachte fieberhaft nach, was zur Hölle er sagen sollte, was er sagen musste oder konnte. Es musste ihm doch etwas einfallen, um einen solchen Ausgang zu verhindern. Ein einfaches Danke genügte da nicht, er musste schon ein wenig mehr bieten, etwas erwidern, das zeigte, wie sehr er diese Geste zu schätzen wusste. Nicht nur das Geschenk, auch das schöne Frühstück und den duftenden Kaffee. Himmelherrgott, war das wirklich derart schwierig?

Die Sekunden verstrichen und verwandelten sich in eine Minute, dann zwei. Die Zeit regnete über Valentin hinweg und rann an ihm herab. Sie verstrich so verflucht schnell, dass Valentin in Panik geriet. In Panik vor einem Niklas, der mit traurigen Augen und hängenden Schultern von ihm weg ging. Und so machte er etwas, das er sich vor zwei Wochen noch nicht einmal im Traum vorgestellt hatte. Noch bevor er sich bewusst dafür entschieden hatte es zu tun, setzte er den Geistesblitz bereits in die Tat um. Aus Angst vor Niklas' Reaktion schloss er die Augen. Trotzdem traf er zielsicher und schmeckte herben Kaffee und süßes Croissant auf unerwartet weichen Lippen ...

10

Erst, als er das schrille Alarmsignal der Pfeife eines Polizisten hörte, wurde Kilian bewusst, dass er sich nicht mehr in der Wohnung befand. Irritiert blinzelte er in der Morgensonne und stellte fest, dass er keuchte. Er sah sich um und brauchte einen Moment. Dann droschen Bewusstsein und Orientierungssinn wie ein Holzknüppel auf ihn, sein bis soeben völlig leerer Kopf füllte sich explosionsartig mit Gedanken und in seinem Magen überschlugen sich Gefühle. Seine Beine und Fußsohlen brannten dazu mit seinen Lungen um die Wette.

Er hatte die Scharade zu weit getrieben. Den Bogen überspannt. Einen anderen Menschen so in die Irre zu führen! So zu belügen! Es hätte eine lehrreiche Lektion werden sollen. Dieser arrogante, verzogene Schnösel sollte sehen, wie das Leben wirklich war. Dass man jeden Tag hart arbeiten und sich sein Geld verdienen musste.

Verdammt! Was hatte er sich nur dabei gedacht, leichtfertig mit dem Leben eines anderen zu spielen?

War ihm denn dermaßen langweilig?

Und was um alles in der Welt hatte sich dieser Junge nur dabei gedacht, ihn zu küssen? Einfach so!

Kilian wehrte die Hand des Polizisten schnell und geschickt ab. Der Mann hatte sich ihm mit besorgtem Blick genähert, wollte ihm eine Hand auf die Schulter legen. „Nicht anfassen", zischte Kilian und trat einen Schritt zurück.

Nicht anfassen.

Bloß nicht anfassen.

Zu nah.

Alle um ihn herum waren viel zu nah.

Viel zu viele Menschen.

Ein paar tiefe, langsame Atemzüge waren notwendig, um seinen Herzschlag zu beruhigen. Kilian schluckte. Er betrachtete den großen Polizisten aus den Augenwinkeln, der ihn unverhohlen skeptisch musterte. Seine Mimik und Körpersprache verrieten Kilian, dass er ihn nicht einfach würde weitergehen lassen. Der Polizist wartete auf eine Erklärung. Würde er die nicht in den nächsten Minuten erhalten, rief er mit Sicherheit ein paar Kollegen zur Hilfe. Sie würden Kilian bitten, sie zur nächsten Polizeiinspektion zu begleiten.

Aber Kilian hatte ganz andere Probleme. Ihm war dermaßen übel, dass er befürchtete, bald seinen Mageninhalt auf der Straße auszubreiten. Er fühlte sich schuldig und war zugleich wütend.

Ferdinand hatte ihn gewarnt.

Sein Sohn könne jeden Trick durchschauen, wusste ganz genau, wann er aufs Glatteis geführt oder belogen wurde. *Er wird es sicher merken*, hatte Ferdinand prophezeit. *Er wird es bemerken und den Spieß umdrehen.*

Genau das war vermutlich passiert - Valentin hatte das Spiel durchschaut und wollte Kilian nun endgültig bloßstellen. Blamieren. Demütigen. Bis auf die Knochen und vor möglichst großem Publikum.

Kilian schnaubte und schluckte. Seine Hand umklammerte die Säule der Ampel. Valentin hatte ihm zeigen wollen, was für ein Idiot er doch war. Was für ein minderbemittelter, unterbelichteter, durch und durch verblödeter Vollidiot, der es nicht bemerkte, wenn er …

„Niklas!"

Kilian schnellte herum. Er riss die Augen auf und starrte in das Gesicht eines sich ziemlich außer Atem befindlichen Valentins. In das erschrockene, schuldbewusste und – enttäuschte? - Gesicht Valentins. Ungläubig runzelte Kilian die Stirn. Konnte es sein, dass dieser junge Mann ein dermaßen guter Schauspieler war? Ja, so musste es sein. Warum um alles in der Welt hätte Valentin ihn küssen, warum ihm hinterher rennen sollen?

Wut und Zorn ballten sich in seinem Magen und ließen seine Hände zu Fäusten werden.

„Niklas, ich wollte nicht – es sollte doch nicht – ich wollte nur … die Pinsel und Farben … ich dachte nur … ich wollte dir nur zeigen, wie sehr …", stammelte Valentin und fuhr sich dann mit einer Hand nervös durch das Haar. „Wirklich", fügte er hinzu, als hätte er zuvor tatsächlich einen vollständigen Satz gesprochen, den er dadurch hätte bekräftigen können.

Verwirrt betrachtete Kilian sein Gegenüber. In einer Hand hielt der junge Mann den Schuhkarton. Kilians Verwirrung wuchs. Was, wenn Valentin es ernst gemeint hatte? Wenn er doch nicht wusste, welches Spiel Kilian und die anderen mit ihm trieben?

Sofort verpuffte seine angestaute Wut, während literweise Schuldgefühle über ihn hinweg schwappten.

Er hatte zugelassen, dass Valentin in seinem Bett schlief.

Warum? Warum hatte er dem Ganzen nicht einen Riegel vorgeschoben? Warum hatte er das vermaledeite Spiel nicht abgebrochen? Warum hatte er sich selbst keine Grenzen gesetzt?

„Niklas … ich … du …" Valentin schüttelte den Kopf und ließ den Blick sinken. „Es tut mir Leid." Seine Stimme klang verzweifelt und schüchtern. „Können wir nach Hause gehen?"

Und für einen kurzen Augenblick war es Kilian plötzlich vollkommen egal.

Es war ihm egal, ob Valentin ihn durchschaut hatte. Es war ihm egal, dass er Valentin zuvor belogen hatte. Es war ihm egal, dass er in Shorts und T-Shirt an einer Ampel stand. Es war ihm egal, dass Valentin nur in einem Bademantel steckte. Es war ihm egal, dass der Polizist sie nun beide erwartungsvoll musterte. Es war ihm egal, dass die umstehenden Leute sie anstarrten. Es war ihm egal, was alle anderen dazu sagen würde. Ferdinand eingeschlossen.

Er richtete sich ruckartig auf und ließ die Säule los. „Ja", sagte er entschlossen und setzte sich in Bewegung, „lass uns nach Hause gehen."

Schweigend gingen sie zurück zur Wohnung. Kilian war verflixt weit gelaufen, bis sein Bewusstsein es geschafft hatte, ihn einzuholen. Das gab ihnen nun die Zeit, in Ruhe nachzudenken. Valentin trug derweil die große Schuhschachtel mit den Pinseln und Ölfarben mit liebevoller Vorsicht nach Hause. Kilian schritt neben ihm den Gehweg entlang, barfuß und in seinen Schlafsachen.

Zurück in der Katharinenstraße erwartete sie bereits Frau Thaler, die den beiden Männern einen tadelnden, aber auch neugierigen Blick zuwarf. „Ist das neuerdings Mode, auf diese seltsame Weise das Haus zu verlassen? Und dabei auch noch die Haustür sperrangelweit aufstehen zu lassen, damit Gott und die Welt hereinspazieren kann?"

„Entschuldigen Sie, Frau Thaler. Das habe ich ganz vergessen", gab Valentin zu und wirkte noch geknickter, als zuvor.

Kilian schüttelte den Kopf. „Nein, das war meine Schuld. Kommt nicht mehr vor." Er ging an ihr vorbei, ohne eine richtige Erklärung abzuliefern. Darauf hatte er gerade keine Lust. Er wusste noch immer nicht, was er tun sollte.

Frau Thaler war eine wahre Perle, aber im Moment konnte er nichts und niemanden gebrauchen. Nicht einmal Perlen. Also betrat er die Wohnung und schlurfte ins Badezimmer. Dort wusch er sich die schmutzigen Füße. Er hörte Valentin ins Wohnzimmer schleichen und mit einer Tasse klimpern. Anscheinend trank der junge Mann jetzt doch noch Kaffee.

Aber was nun?

Kilian betrachtete sich in dem winzigen Spiegel. Es gab nur zwei Möglichkeiten: Entweder wusste Valentin über alles Bescheid oder er hatte absolut keine Ahnung. So oder so änderte das aber nichts an der Tatsache, dass Kilian achtlos genug gewesen war, sich in den jungen Mann zu verlieben. Kilian schnaubte leise. Wie blöd konnte man sein? Im Vergleich zu ihm war Valentin ein Kind. Mitte zwanzig, praktisch nie gearbeitet, keinerlei Lebenserfahrung.

Gut, Kilian war an Lebensjahren nicht älter.

Aber er hatte im Gegensatz zu Valentin mit 16 Jahren seine Lehrstelle angetreten und war dann mit knapp 20 Jahren allein auf Wanderschaft gegangen. Drei Jahre lang war er als Wandergeselle unterwegs gewesen, bevor er wieder nach Hause zurückgekehrt war. Dort hatte er sich verliebt, geheiratet und durch das Unglück an der Kreuzung seinen Richard verloren.

Es lagen Welten zwischen ihnen.

Es spielte keine Rolle, ob Valentin ihm nur eine Retourkutsche verpassen wollte oder der Kuss ernst gemeint war, Kilian musste dem Ganzen ein Ende setzen. Er hatte für seine Wohnung einen Mitbewohner gesucht. Nicht einen Partner.

Irgendwie hatte Kilian schon gehofft, Valentin könnte ihm die Scharade verzeihen, sobald der Schwindel aufgelöst wurde, und doch noch bei ihm im oberen Stockwerk mit einziehen. Aber wenn er sich jetzt mit Valentin einließ, rückte diese Hoffnung ins Tal der größeren Unwahrscheinlichkeiten. Also trocknete Kilian sich seine Füße mit einem Handtuch ab und wusch sich die Hände. Dann kehrte er ins Wohnzimmer zurück und setzte sich auf seinen Stuhl.

Valentin hatte wirklich angefangen, Kaffee zu trinken, kaute sogar auf einem Croissant herum. Die Schachtel mit den Pinseln und Farben lag sicher auf seiner Bettdecke. Kilian schenkte sich Kaffee nach und nahm einen Schluck.

„Dann willst du heute Abend wieder arbeiten?", fragte Valentin etwas unbeholfen und mied Kilians Blick.

Kilian nickte. „So siehts aus. Es wird Zeit. Ich muss mich wieder nützlich machen, sonst roste ich noch ganz ein." Er lächelte und zupfte an seinem Croissant herum. Aber in seinem Hals steckte ein kleiner Kloß, der sich nicht vertreiben ließ. Wie er es auch drehte und wendete, wann immer sein Blick sein Gegenüber streifte, schlug sein Herz für ein paar Sekunden schneller. Und der Gedanke, von jetzt an wieder alleine in seinem Bett schlafen zu müssen, wieder alleine in die Burg zurückzukehren und sie in sinnlosen Runden zu durchqueren, behagte Kilian ganz und gar nicht. Er seufzte leise. Das würde ein langer Tag werden ...

Letztlich war auch dieser Tag nicht länger als andere Tage.

Er dauerte auf die Minute genau 24 Stunden und den Großteil davon verbrachten Niklas und Valentin damit, gemeinsam alles im Wohnzimmer in die Mitte des Raumes zu schieben, tragen und zerren und anschließend mit Folie abzudecken. Dann rückten sie den Wänden auf die Pelle. Mit Tapetenigeln stachen sie hunderte winziger Löcher in jeden Quadratmeter Tapete; dann weichten sie den Wandbelag mit lauwarmem Spülwasser auf und sobald sich die Tapete vollgesogen und der Kleister sich gelöst hatte, rissen sie die alten Bahnen von den Wänden. Trotz all dieser Vorarbeiten war die Arbeit schweißtreibend und langwierig. Als sämtliche Tapetenreste abgelöst waren, wuschen sie die Wände mit Essigwasser ab, laut Diener Leonhard ein Hausmittel gegen Feuchtigkeit und Schimmel. Frau Thaler hatte ihn zu Rate gezogen, als Valentin und Niklas vor ihrer Tür standen und von ihrem Vorhaben berichteten. Es hatte eine ganze Weile gedauert, bis Leonhard verstand, was sie vorhatten, doch schließlich gab er lautstark Auskunft.

In der Essigeinwirkzwangspause stellten die beiden Männer den Luftentfeuchter auf die höchste Stufe und öffneten alle Fenster in der Wohnung. Niklas kochte eine Gemüsesuppe, Valentin deckte den winzigen Tisch und schnitt Brot in dicke Scheiben.

Am Spätnachmittag rieben sie dann mit alten Handtüchern, die ihnen Frau Thaler liebenswerter Weise zur Verfügung gestellt hatte, die Wände restlos trocken und begannen mit dem Tapezieren. Gegen Abend kamen sie dann ans Ende, sowohl mit dem Tapezieren, als auch mit ihren Kräften. Niklas huschte unter die Dusche und verabschiedete sich, bevor er deutlich später, als geplant, in rasantem Tempo zur Arbeit verschwand. Valentin hingegen rückte noch die Möbel zurück an ihren ursprünglichen Platz, bevor er sich ebenfalls eine Dusche gönnte.

Der Wohnraum sah nun – nun ja: nach einem tatsächlichen Wohnraum aus. Klar war er noch immer viel zu klein und alles sehr beengt, aber mit den Möbeln und der neuen Tapete und dem sauberen Fenster, das nun ein hellblauer Vorhang zierte, wirkte alles bedeutend freundlicher. Beinahe harmonisch.

Und obwohl Valentin von der ganzen Arbeit müde, ausgelaugt und erschöpft war, kam er nicht umhin, eine gewisse Zufriedenheit und Genugtuung beim Anblick des Geschaffenen zu fühlen. Mittlerweile wusste Valentin immerhin auch, worum es sich bei Niklas' Wochenendjob handelte: er war Türsteher in einem Nachtclub. Wirklich erfreut war Valentin über diese Information nicht. Ihm wäre es lieber gewesen, Niklas hätte sich weiter ausgeruht. Aber bevor er sich allzu lange den Kopf darüber zerbrechen und sich sorgen konnte, klingelte sein Handy. Alice bat Valentin, ihr mit einem spontanen Kunden auszuhelfen. Erleichtert sagte Valentin zu, bedeutete die Arbeit doch Ablenkung, Zeitvertreib und Geld.

Die U-Bahn-Strecke zur Haltestelle unweit von Alice und Jerrys Einfamilienhaus hätte Valentin im Schlaf bewältigen können. So traf er kurz vor vereinbarter Zeit im Skizzenraum ein und überflog die Vereinbarung des Kunden mit dem Studio. Als er am Ende das Feld für persönliche Notizen erreichte, stutzte Valentin kurz. Den Vermerk „schwieriger Kunde; mit Vorsicht und Bedacht zu behandeln" hatte er bisher noch in keiner anderen Akte gelesen. Valentin zuckte die Schultern. Und wenn schon. Er würde sicherlich auch mit einem schwierigen Kunden fertig werden.

Wenige Minuten später klopfte eine Frau zaghaft an die Tür, obwohl diese weit offen stand. Valentin begrüßte sie höflich und sie teilte ihm ebenso höflich mit, ihr Partner müsse noch dringend telefonisch eine wichtige Angelegenheit klären. Dies ginge aber sehr schnell, versicherte sie ihm.

Valentin bot ihr an, Platz zu nehmen, und half ihr aus dem schweren Pelzmantel. Echter Pelzmantel, echter Goldschmuck, Kleidung aus erlesenen Stoffen. Ganz bestimmt nicht von der

Stange. Offensichtlich umgab sich sein Kunde gerne mit hübschen Dingen und zählte auch seine Partnerin dazu.

Die junge Frau nahm in einer fließenden Bewegung auf dem ihr angebotenen Stuhl Platz, legte die Hände in den Schoß und verschränkte ihre schlanken Beine grazil hintereinander. Dann aber wirkte sie fast ein wenig verloren. Unsicher. Valentin musterte sie unauffällig.

„Junge Frau" schien ihm mit jeder verstreichenden Sekunde mehr die falsche Bezeichnung zu sein. Falls er alle Anzeichen richtig deutete, und ihm hatten schon viele Frauen Modell gestanden, wenn er Haut, Lippen, Stirnfalten, Körperstruktur musterte, dann war sie sehr viel näher an einem Mädchen, als an einer jungen Frau.

Die sehr frauliche, elegante Kleidung und ihr antrainiertes manierliches Verhalten ließen sie auf den ersten Blick älter wirken. Vermutlich gelang es ihr mit dieser Kombination, die meisten Betrachter und Gesprächspartner über ihre tatsächliche Jugend hinwegzutäuschen.

„Warum bist du noch nicht ausgezogen? Verdammt, du verschwendest meine Zeit. Muss ich dir denn immer erst alles vorkauen?", donnerte eine Männerstimme samt Besitzer zur Tür herein. Der herrische Tonfall hätte zu einem fünfzigjährigen Wirtschaftsboss mit Wohlstandsbauch, fliehendem Kinn und Haar und roten Wange gepasst. Aber stattdessen stellte sich sein Kunde als athletischer junger Mann heraus: bronzefarbener Teint, kleine, feste, dunkle Locken, adretter Maßanzug. Sizilianer, dachte Valentin zuerst, korrigierte dann aber diese Einschätzung in Richtung Italiener. Jedenfalls kaum älter als seine Partnerin.

„Guten Tag, Sie müssen ...", setzte Valentin höflich an, wurde jedoch durch eine eindeutige und höchst unfreundliche Geste zum Schweige gebracht.

„Ich bezahle Sie nicht fürs Reden! Wenn mir nach Smalltalk ist, rufe ich meine Mutter an. Setzen Sie sich gefälligst an die Staffelei dort drüben und bereiten Sie alles vor. Und du zieh dich endlich aus, verdammt nochmal! Bin ich denn nur von Idioten umgeben?" Während der Kunde alle Anwesenden herum kommandierte und beleidigte, löste er ungehalten den Knoten seiner Krawatte.

Valentin schluckte. Es gefiel ihm nicht sonderlich, von diesem Kerl Befehle anzunehmen. Er hatte mittlerweile zwar gelernt, dass man sich von seinen Kunden Einiges gefallen lassen musste, weil sie nun einmal die Kunden waren und dafür sorgten, dass das Geld in die Kasse kam; aber hätte Valentin nicht auch an Niklas denken müssen, wäre er einfach aufgestanden und gegangen und zwar mit der jungen Frau im Schlepptau.

So aber biss Valentin die Zähne zusammen und setzte sich ohne Widerworte an die Staffelei. Der Kunde wünschte eine detaillierte und absolut realistische Darstellung von ihm und seiner Freundin beim Oralverkehr. Und genau die sollte er bekommen. Valentin würde den Mund halten und seine Arbeit machen und daran denken, nach der Arbeit zu Niklas nach Hause zu kommen.

Die junge Frau erhob sich geschmeidig von ihrem Stuhl und machte Anstalten, auf ihren wahnsinnig hohen Stöckeln in das kleine Badezimmer am anderen Ende des Raumes zu gehen. Ihr Partner aber packte sie grob am Arm und zerrte sie ein Stück zu sich. „Was soll denn der Blödsinn!", herrschte er sie ungehalten an.

„Ich dachte nur, ich könnte ..." Ihre Stimme war leise, schüchtern, ihr Blick gen Boden gerichtet.

„Als wenn du jemals wirklich denken würdest ...", knurrte er und öffnete dabei die Knöpfe seines Hemdes. An zwei seiner Finger blitzten Ringe: schlicht, matt, aber soweit Valentin es erkennen konnte aus Paladium und somit verflixt teuer. Sein Hemd fiel zu Boden, woraufhin er aus seinem T-Shirt schlüpfte. „Runter mit den Klamotten. Sofort."

„Ich drehe mich derweil einfach um", erklärte sich Valentin bereit und schenkte ihr ein aufmunterndes Lächeln, bevor er seinen Blick wieder abwandte.

„Vielen Dank, das ist wirklich sehr ..."

„Wie bescheuert bist du denn? Was glaubst du denn, wo der Kerl nachher hinschaut? Auf deine Füße?", unterbrach ihr Partner sie erneut.

Valentin hielt für einen Moment den Atem an. Beinahe wäre ihm ein Kommentar herausgerutscht, aber er riss sich weiter zusammen, während er das Geräusch sich öffnender Knöpfe und Verschlüsse hörte. Vielleicht sollte er sich für einen Augenblick entschuldigen und Alice darüber informieren, worum es sich bei diesem angeblich schwierigen Kunden wirklich handelte – nämlich ein ausgewachsenes Arschloch. Aber dann dachte er an die dicke Akte des Kunden und all die darin befindlichen Aufträge. Sein Verhalten musste Alice und Jerry bekannt sein. Den Raum zu verlassen würde den Kunden nur unnötig reizen.

Also wartete Valentin mit knirschenden Zähnen, bis das Paar sich unweit seiner Staffelei vor ihm positionierte. Wie nicht anders zu erwarten, kommandierte der Mann die junge Frau weiter herum, war grob und herrisch. Er fuhr ihr mit der Hand ins lange Haar und packte sie energisch am Schopf, während sie mit ihrer Arbeit begann. Denn nichts anderes konnte es sein, was sie da tat. Mit Liebe und dem

Austausch von Zärtlichkeiten hatte es ganz sicher nichts zu tun. Valentins Griff um seinen Bleistift war bedeutend fester, als gewöhnlich. Er presste die Lippen so fest aufeinander, wie er nur konnte. Er musste durchhalten. Er musste Geduld aufbringen. Für diesen Job. Für Niklas. Irgendwie. Koste es, was es wolle ...

Als Valentin nach der Arbeit die kleine Wohnung betrat, war es bereits weit nach Mitternacht. Er schloss die Tür leise hinter sich und schlüpfte aus den Schuhen. Langsam, beinahe zögerlich, ging er ins dunkle Wohnzimmer, das noch immer leicht nach Essig und Kleister roch, und blieb für einen Moment stehen. Sein Blick wanderte von seiner eigenen, leeren Matratze auf der rechten Seite zu Niklas' Matratze, auf der der Student lag und schlief. Valentin machte einen Schritt in Richtung eigener Matratze, änderte dann aber die Richtung und stolperte auf Niklas zu. Er ließ sich neben ihm auf die Unterlage fallen, blieb auf seinem Hintern sitzen und starrte in die Dunkelheit.

In seinem Rücken erwachte Niklas aus seinem Schlaf. Er gähnte und murmelte etwas. Als Valentin nicht darauf reagierte, nichts sagte, sich nicht bewegte, schob Niklas die Decke beiseite und setzte sich ebenfalls auf. Seine Stimme wurde lauter und gefestigter, sein Tonfall wacher, ein wenig besorgt. Wieder reagierte Valentin nicht. Nicht auf die Frage nach seinem Befinden oder danach, ob etwas vorgefallen sei. Nicht auf den leichten Boxer gegen seine linke Schulter. Er sah nicht einmal hinüber, als sich Niklas neben ihn an den Rand der Matratze setzte, nur in Shorts bekleidet.

Erst, als Niklas aufstand, um den von ihm angekündigten Kaffee anzurühren, kam Bewegung in Valentin. Seine Hand schlang sich um Niklas' Handgelenk. Nicht fest, nur ganz leicht, fast schon zärtlich, aber doch fest genug, um ihn vom Gehen abzuhalten. Valentin spürte, wie Niklas innehielt und dann vor ihm in die Hocke ging. Seine schlanken Finger umfassten Valentins Gesicht und hoben es ein Stück weit an. Weit genug, dass er ihm in die Augen sehen konnte.

Beim Anblick der traurigen, abwesenden Augen kniff Niklas die Brauen zusammen. Er musterte Valentins Gesicht aufmerksam. Ein Lächeln huschte über seine Lippen. Als Valentin es nicht erwiderte, wurde auch Niklas' Gesicht wieder ernst. Seine Stirn legte sich in Falten und seine Lippe bildeten eine schmale, nachdenkliche Linie. Lange sah er in Valentins Augen, als suche er nach der Antwort auf eine alles entscheidende Frage – eine Antwort, die er aber nicht zu finden schien.

Langsam beugte sich Niklas vor und küsste Valentin auf die Lippen. Nur ganz kurz. Nur flüchtig. Nur für den Bruchteil einer Sekunde. Valentin blinzelte, schüttelte den Kopf und schloss die Augen. Eine Reaktion, die Niklas zurückweichen ließ. Er wollte seine Hände von Valentins Gesicht nehmen und nun doch noch gehen, aber wieder hielt Valentin ihn zurück. Legte seine Hände auf Niklas' Hände und hielt sie fest. Sie sahen sich an, nun beide aus Augen, die im Gesicht des jeweils anderen nach Antworten suchten.

Valentin löste eine Hand behutsam und zögerlich, ganz so, als fürchte er Niklas würde wieder aufstehen. Bedächtig näherte er sich mit seiner Hand Niklas' Gesicht, berührte mit seinen Fingerspitzen die Schläfe des Studenten, strich mit ihnen über seine Wangen und seine Lippen, während seine Augen sich weiterhin in Niklas' graublauen Augen verloren. Niklas' Lippen fühlten sich warm und weich an unter seinen Fingern, seine Haut sehr glatt und ebenmäßig.

Er ließ seine Hand über das Kinn des Anderen nach unten wandern, über seinen Hals hinab zum Brustbein. Sanft tastend strich er über den bloßen Oberkörper und spürte das schneller schlagende Herz unter seinen Fingerspitzen gegen den Brustkorb pochen. Dann hob er beide Hände und umfasste Niklas' Gesicht damit. Er beugte sich vor, küsste Niklas. Ein kurzer, flüchtiger Kuss hätte es werden sollen.

Aber Niklas legte seine Arme um Valentin und zog ihn näher zu sich. Nicht gewaltsam, nicht plötzlich, aber doch mit sanfter Bestimmtheit. Er presste seine Lippen fester gegen Valentins, öffnete sie ein wenig, schloss sie wieder, während seine Hände über Valentins Rücken wanderten. Ein Kuss mündete in den nächsten, Niklas drückte Valentin Richtung Matratze und Valentin gab der fordernden Bewegung nach.

Unter Küssen und Liebkosungen half Niklas ihm aus seiner Kleidung, aus Pullover und Hemd, küsste seinen nackten Oberkörper, fuhr auf der nackten Haut Linien von Muskeln und Sehnen nach, mal so leicht, dass es Valentin fast kitzelte, mal mit zärtlichem Druck, der Valentin nach mehr verlangen ließ.

Lange lagen sie aufeinander, Lippen auf Lippen, immer wieder geöffnet, immer öfter mit leisem Stöhnen und Keuchen, Valentin noch in Jeans, Niklas in seinen Shorts, und spürten die eigene und die jeweils andere Erektion hart und härter durch den Stoff hindurch drängen. Valentins Hände vergruben sich in Niklas' kurzem Haar, in dem Versuch, das Gesicht des Studenten noch näher zu sich zu holen.

Irgendwann glitt Niklas an ihm nach unten und öffnete die Schnalle des Gürtels; küsste Valentins Bauch, bevor er die Jeans aufknöpfte; ließ seine Hände über Valentins Seite gleiten, von den Achseln über die Rippen hinunter bis zu den Hüften, um dann den Reißverschluss aufzuziehen und erneut Valentins Bauch mit Küssen zu bedecken, ganz weit unten, ganz nahe am Saum der Jeans.

Ihr Atem passte sich ihrem Herzschlag an, wurde schneller, härter, entfloh stoßweise ihren Lungen und Kehlen, prallte gegen die Stimmbänder und schuf dabei raue, tiefe Laute.

Valentin zog Niklas langsam zu sich herauf, drehte ihn auf den Rücken und legte sich auf vorsichtig ihn, um nun seinerseits Oberkörper und Bauch des anderen zu küssen und zu liebkosen. Seine Hände tanzten über die angespannten Muskeln und die empfindliche Haut, bevor sie sich energisch um Niklas' Schultern schlossen und seine Lippen wieder nach den seinen suchten.

Unter Küssen und Zärtlichkeiten verschwanden Jeans und Shorts, landeten irgendwo neben der Matratze auf dem Boden. Haut auf Haut, ohne störenden Stoff zwischen ihnen, gab es plötzlich noch viel mehr zu entdecken, viel mehr zu erkunden, und sie wollten nichts davon auslassen, keinen Millimeter auf dem Körper des anderen unberührt lassen.

Und irgendwann lag Niklas auf Valentin, lag auf ihm und zwischen seinen Beinen, und dann war er in ihm, als wäre es nie anders gewesen, als wären sie füreinander gemacht, genau hierfür, für diesen Tag zu dieser Stunde in diesem ganz bestimmten Moment, der sich anfühlte wie weite Unendlichkeit.

11

Ganz früh hatte er sich aus dem gemeinsamen Schlaflager geschlichen und war sich dabei vorgekommen wie ein hundsgemeiner Verräter. Das schlechte Gewissen trieb ihn weg von Valentin. Auf den ersten Metern wollte er viel weiter weg, so weit wie ihn seine Beine trugen, so weit, dass ihn niemand mehr finden, niemand mehr einholen konnte, nie mehr; wollte vor seinem schlechten Gewissen, wollte vor der Schuld, die er letzte Nacht auf sich geladen hatte, davon laufen.

Aber dann liefen seine Füße selbstständig die Treppe hinauf in seine Wohnung; die Wohnung, die er eigentlich hatte mit Richard teilen wollen. Als Ehemann, als Freund und Begleiter, als Mitstreiter in Abenteuern. Die Wohnung, die er nach dem Unfall für lange Zeit gemieden hatte und in der er, dank Frau Thaler, einen Neuanfang hatte wagen wollen,

Als er sie nun betrat, kam sie ihm seltsam fremd und groß und kalt vor.

Und leer.

Eine kleine Stimme in seinem Hinterkopf murmelte, dass jeder Raum leer war, in dem sich kein Valentin befand. Kilian versuchte, sie durch heftiges Kopfschütteln zu vertreiben.

Letztendlich setzte er sich in einen alten, roten Stoffsessel, dessen einst strahlende Farbe durch die intensive und langjährige Nutzung längst verblasst war. Aber das war ihm völlig egal, handelte es sich bei diesem Polstermöbel doch um seinen absoluten Lieblingssessel. Wenn er sich ganz fest zusammenrollte, die Beine anzog und die Arme darum herum schlang, konnte er sogar mit dem Kopf auf einer der Armlehnen liegen.

Und genau das tat er nun schon seit geraumer Zeit. Dabei ignorierte er gekonnt Frau Thaler, die mit einem voll beladenen Tablett zu ihm herein kam und es demonstrativ vor ihm auf dem

Sofatisch abstellte. Frisch gebrühter Bohnenkaffee, noch warme Brötchen, selbstgemachte Marmelade, Schokoladencroissants, ein Glas Orangensaft.

Das Miniaturfrühstücksbuffet stand direkt in seinem Blickfeld. Trotzdem rührte sich Kilian keinen Millimeter.

„Ihr zwei bringt alles durcheinander, weißt du? So hatte ich das überhaupt nicht geplant", verkündete Frau Thaler mit leicht tadelnder Stimme. Doch der Tadel wurde überschattet von aufrichtiger Sorge. „Du solltest einen abenteuerlustigen Mitbewohner bekommen. Und Valentin einen Platz, an dem er sich seiner Kunst widmen und frei sein kann. Unabhängig."

Kilian gab keinen Mucks von sich. Er lag zusammengerollt in seinem Sessel und sah abwesend ins Nichts. Selbst, wenn er gewollt hätte, er hätte ihr nichts antworten können. Was sollte er ihr denn auch sagen? Nicht ihr Plan gewesen? Als wäre das hier sein Plan gewesen … nichts von dem, was letzte Nacht passiert war, hatte zu seinem Plan gehört. Aber darüber konnte er mit ihr nicht sprechen. Mit ihr nicht und nicht mit Ferdinand oder Leonhard oder überhaupt irgend jemandem.

Frau Thaler goss den frisch gebrühten Kaffee geschickt aus der edlen Kanne in eine große Keramiktasse und gab ein wenig Milch hinein. „Stattdessen kommt Valentin gestern mit einem Gesicht von der Arbeit, als hätte er den Teufel gesehen. Gar nicht ansprechbar war er, der arme Junge." Sie schüttelte sachte den Kopf und seufzte dabei deutlich hörbar. „Und du? Du siehst aus, als würdest du jeden Augenblick kaputt gehen, weil dich etwas in Stücke reißt. Zuerst rennt ihr gestern in euren Schlafanzügen aus dem Haus und jetzt das hier …"

Wieder seufzte die Köchin. Dann stemmte sie die Hände in die Hüften und schüttelte kräftig den Kopf. „Also, eins sage ich dir, mein hochverehrter Kilian Niklas von Walden – wenn ich es nicht besser wüsste, würde ich sagen, du hast dich bis über beide Ohren in diesen Chaoten verliebt."

Ein Stich jagte durch Kilians Brust, so plötzlich und so kräftig, dass er nach Luft schnappte. Nur sehr kurz und nicht sonderlich laut, aber laut genug für die ausgezeichneten Ohren seiner Köchin. Und damit hatte er verloren, das war Kilian klar. Sie würde ihn bedrängen, ihm sehr deutlich ins Gewissen reden, ihm Ratschläge erteilen und auf ihn einreden, bis er etwas tat, das er überhaupt nicht wollte. Obwohl Kilian sich nicht sicher war, was das wohl sein mochte, denn gerade jetzt wusste er nicht einmal ansatzweise, was er eigentlich wollte.

Frau Thaler aber tat nichts dergleichen.

Sie kniff nur die Brauen zusammen und musterte ihn eine ganze Weile sehr genau. Mit einem Mal wurde ihr Blick sehr warm , weich und mitfühlend. Und dann sagte sie leise seufzend: „Dummer Junge ..."

Kaffee und Kuchen bei Frau Thaler war zu einem Luxus geworden, den Valentin als solchen zu schätzen wusste. Ganz besonders heute. Er hatte viel zu lange geschlafen, so verflixt lange, dass Niklas längst unterwegs war.

Wohin, wusste Valentin nicht.

Vielleicht holte er Studienunterlagen bei einem Kommilitonen ab, schließlich musste er Einiges an Stoff nachholen.

Obwohl Valentin sich nichts sehnlicher wünschte, als morgens neben Niklas aufzuwachen, war er froh, dass es heute nicht der Fall gewesen war. Wie sollte er ihm erklären, was gestern vorgefallen war? Was er getan hatte, als er es einfach nicht mehr mit ansehen konnte? Und welche Konsequenzen das nun nicht nur für ihn selbst, sondern auch für Niklas hatte? Niklas hatte den Job bei Alice und Jerry sehr gemocht, das Schnitzen der Skulpturen war eine saubere, halbwegs entspannte Arbeit gewesen. Ganz abgesehen von der Bezahlung, die tatsächlich ausgezeichnet war, wie Valentin begriffen hatte.

Was sollte er tun? Wie sollte er es ihm sagen?

Sich einfach vor ihn hinstellen und sagen: „Schau, Niklas, es war so – dieser Kunde hat sie wie ein Stück Dreck behandelt. Ich konnte nicht zusehen, ich musste etwas tun. Alice hat mir gekündigt. Und leider auch dir."

Nein.

Das würde Niklas ihm nicht verzeihen.

Verstehen vielleicht, ja. Sicher sogar. Niklas würde verstehen, dass Valentin nicht zusehen und nichts dagegen tun konnte. Aber verzeihen würde er es ihm nie, hing doch an diesem Geld seine ganze Zukunft. Nicht nur das Studium, die Arbeit, die er irgendwann einmal machen wollte, sondern auch sein großer Lebenstraum.

Valentin hatte diesen Traum zerstört. Mit einem einzigen Schlag zertrümmert. Wie die Nase dieses Arschlochs.

Frau Thaler legte den Kopf schief und kniff die Brauen zusammen. „Willst du heute denn nicht mit mir reden, mein Junge?", fragte sie und rührte dabei in ihrer eigenen Tasse.

Valentin schluckte. Ihrer Mimik konnte er unschwer entnehmen, dass sie schon einige Fragen an ihn gerichtet hatte, deren Beantwortung er noch schuldig war. Er schluckte, räusperte sich, schüttelte den Kopf. „Ich habe gestern das Richtige getan und trotzdem Mist gebaut. Glaube ich. Vielleicht wäre das Richtige auch etwas Anderes gewesen. So oder so – ich habe alles kaputt gemacht."

„Red keinen Unsinn, was kannst du schon kaputt gemacht haben. Wenn man dich so reden hört könnte man glatt glauben, du hättest jemanden umgebracht." Frau Thaler schenkte ihm ein tröstendes Lächeln und legte ihre Hand behutsam auf die seine. „Nun sag schon, was du angestellt hast."

Und Valentin sagte es ihr. Er wusste nicht, warum. Er hatte keine Ahnung, ob sie auch nur den Hauch einer Ahnung hatte, womit er und Niklas ihr Geld verdienten. Aber er musste es ihr erzählen. Musste ihr von diesem furchtbaren Kunden erzählen und dem Mädchen. Von den Tränen in ihren Augen, die sie zurückzuhalten suchte. Von der Wut und der Übelkeit in seinem Magen und davon, wie er aufgestanden war und davon, wie er dem Kunden eine Chance gegeben hat, sich anzuziehen und zu gehen. Und davon, wie alles mit einer gebrochenen Nase und Blut auf dem Fußboden endete. Davon, dass Alice dem Kunden zwar Hausverbot erteilte, aber anschließend ihm und Niklas kündigte. Er erzählte ihr von der Fahrt im Taxi zu seinem Vater, erzählte ihr, wie er das Mädchen zu ihm gebracht und ihn darum gebeten hatte, sich um sie zu kümmern. Und dass er danach nach Hause gegangen war und Niklas nicht sagen konnte, dass er alles kaputt gemacht hatte.

Zuerst gingen die Worte nur schleppend und zögerlich über seine Lippen. Aber je mehr er erzählte, desto mehr sprudelte alles aus ihm heraus. Er redete und erzählte und bevor er sich versah, saß er dieser Frau in ihrer Stube gegenüber in der stillen Hoffnung, dass sie ihn verstand, dass sie ihn tröstete, dass sie ihm einen Ausweg zeigte, dass sie ihm half.

Es war albern.

Erbärmlich.

Trotzdem – er kam einfach nicht dagegen an.

„Ich habe dir diesen Vorschlag eigentlich nicht machen wollen, weil Herr von Walden nicht gut auf dich zu sprechen ist. Milde ausgedrückt." Frau Thaler legte eine Hand um ihre Kaffee-tasse und fischte mit den Fingern der anderen Hand einen Schokoladenkeks vom Teller. Sie tunkte ein Ende in den Kaffee und biss dann das aufgeweichte Ende ab. Sie kaute schweigend, nachdenklich darauf herum.

Valentin schluckte hart. Mit Sicherheit war Herr von Walden nicht gut auf ihn zu sprechen. Wie sollte es auch anders sein? Der Gedanke, dass ihr rettender Vorschlag ausgerechnet mit diesem Menschen in Zusammenhang stand, missfiel ihm. Aber Valentin war fest entschlossen alles zu tun, das ihnen weiterhalf. Sollte sich Herr von Walden als Einnahmequelle herausstellen, würde er die Herausforderung annehmen.

„Er sucht nach einem Leiter für seine Galerie, die er zusammen mit seinem verstorbenen Mann gekauft hat. Sie steht bisher leer und ungenutzt und er wollte sie gerne dazu verwenden, um jungen, unbekannten Künstlern eine Chance zu geben, ihre Kunstwerke auszustellen. Alle bisherigen Bewerber für den Posten hat er abgelehnt, keiner von ihnen war ihm sympathisch." Sie schob sich den restlichen, nicht aufgeweichten Keks in den Mund. Ihr Blick wanderte von Valentin zu seinem Kuchen. „Du hast ja deinen Kuchen noch gar nicht angerührt. Mein Junge, ich habe sicher nicht stundenlang in der Küche gestanden, damit du meinen Kuchen verschmähst."

„Natürlich nicht, Frau Thaler", erwiderte Valentin aus einem Reflex heraus, der ihm völlig neu war, aber anstatt sich darüber zu wundern, nahm er seine Gabel in die Hand und stach ein Stück ab. Als er sich die erste Gabel voll Kuchen in den Mund schob, begann sein Magen zu knurren. Er hatte gar nicht bemerkt, wie viel Hunger er hatte.

„Überlege dir ein Projekt für die Galerie und bereite eine Präsentation vor. Geh damit zu Maurice Vignon, mit ihm wollten Kilian und Richard zusammen arbeiten. Wenn du dich ordentlich anstellst und ihn beeindruckst, hast du vielleicht trotz des heiklen Stands bei Herrn von Walden eine Chance. Aber jetzt iss erst einmal deinen Kuchen fertig und dann wasch dir das Gesicht und kämme dir deine Haare. Der erste Eindruck ist verflixt wichtig."

„Ich kenne dich", stellte Maurice Vignon anstatt einer Begrüßung fest. Er musterte Valentin mit zusammengekniffenen Augen und verschränkte die Arme vor dem Oberkörper.

„Ich bin ...", setzte Valentin an, wurde aber sogleich unterbrochen.

„Ich sagte gerade, ich kenne dich. Ich weiß, wer du bist. Der eingebildete Schnösel, der die Drosseln umgebracht hat", entgegnete Vignon, ohne lange um den Brei herumzureden. Über seine kleine, randlose Brille hinweg starrte er seinen Gast wenig freundlich an und wartete auf dessen Antwort.

Valentin schluckte.

Ihm war klar gewesen, dass es passieren konnte, aber irgendwie hatte er doch inständig gehofft, dieser Kelch möge an ihm vorüber gehen. Er wollte nicht über den verfluchten Vorfall reden. Nicht mit seinem Vater oder einem Psychologen, nicht mit den wenigen Freunden, die den Kontakt nicht abgebrochen hatten. Und Gott bewahre, dass Niklas es herausfand. Allem Anschein nach würde er jedoch wohl nicht drum herum kommen, mit Vignon darüber zu sprechen.

„Ich habe die Tiere nicht ... das war nicht meine ... ich wollte doch nicht, dass den Vögeln etwas ...", versuchte sich Valentin an einer Erwiderung, aber er wusste nicht, wo er anfangen oder was er überhaupt sagen sollte. Dass es ihm Leid tat? Das brachte die Tiere auch nicht wieder zurück. Dass er jung und dumm war? Eine bescheuerte Ausrede, die er selbst für verachtenswert hielt. Für seine Handlungen musste man gerade stehen und die Konsequenzen tragen, egal, in welchem Alter. Valentin senkte den Blick beschämt zu Boden. „Es hätte schön sein sollen", sagt er schließlich, ganz leise.

„War es nicht."

„Ich weiß."

Stille trat zwischen die beiden Männer.

Vignon musterte ihn direkt und ungeniert und derart eingehend, dass Valentin glaubte, der Mann könne durch seine Kleidung und Haut und Muskeln hindurch bis in seine Seele hinein sehen.

Vielleicht suchte sein Gegenüber darin nach dem Bösen, das in ihm schlummerte, nach dem dunklen Abgrund, dem Sadismus und dem Wahnsinn, der einer solchen Tat zweifelsohne zugrunde liegen musste.

Doch da würde er vergebens suchen. Es hatte sich um keine von Valentin geplante, bösartige Tat gehandelt, er hatte es nicht gewollt und ganz sicher nicht geplant. Der Moment, in dem sich die bunten Tücher hoben und den Blick auf die toten Tiere mit den unnatürlich verrenkten Hälsen und den großen, blutigen Augen freigaben, hatte sich in sein Gehirn eingebrannt wie ätzende Flüssigkeit und eine grobe, hässliche Narbe hinterlassen. Bis heute wusste Valentin nicht, wer dieses Gräuel an den Tieren verübt hatte. Selbst seinem eifersüchtigsten, rachsüchtigsten Konkurrenten traute Valentin dieses Maß an Grausamkeit nicht zu.

Die Presse hingegen war gewohnt schnell und eindeutig in ihrem Urteil gewesen: *Junger Künstler dem Wahnsinn verfallen. Alkoholsucht? Drogen? Satanismus? Lesen Sie hier alles über den schnellen Aufstieg und den tiefen Fall des Valentin Stein.*

„Seitdem hast du kein Bild mehr verkauft", sagte Vignon plötzlich in die Stille hinein.

„Ja."

Die Leute … sie alle redeten über ihn, als sei er ein verurteilter Meuchelmörder. Wie hätte er da noch Bilder verkaufen können, ohne befürchten zu müssen, dass es ihnen gar nicht um seine Kunst ging, sondern darum, ein Bild des Wahnsinnigen Valentin zu besitzen? Er konnte die Tiere nicht wieder lebendig machen, aber er konnte verhindern, dass aus dem schrecklichen Vorfall Geld geschunden wurde.

Vignon legte den Kopf leicht schief und hob beide Augenbrauen an. Seine Stirn legte sich dadurch noch mehr und tiefer in Falten. Er schien zu warten, ob Valentin seiner Antwort noch eine Erklärung hinzufügte. Da diese ausblieb, sagte er: „Und hast keinen Fuß mehr in eine Galerie gesetzt."

„Ja."

Die meisten Mitarbeiter seiner Haus- und Hofgalerie, in der er schon seit seiner frühen Jugend Bilder ausgestellt hatte, wollten ihn nicht einmal mehr sehen. Sie konnten ihm kein Hausverbot erteilen, da die Galerie Valentin anteilig gehörte, aber sie machten sehr deutlich, dass er dort unerwünscht war. Nur eine wenige Angestellte witterten Absatz und Geschäft, angetrieben durch die schier endlose Anzahl an Pressemeldungen über das Ereignis und den jungen Künstler. Diese Mitarbeiter riefen bei ihm an, wollten ihn mit tröstenden oder aufmunternden Worten zurück in die Galerie locken oder zumindest bewirken, dass er nicht all seine Bilder daraus entfernen ließ. Doch Valentin beharrte auf seinem Standpunkt und wich keinen Millimeter davon zurück.

„So viel ich gehört habe, wirfst du jedes neue Werk sofort nach Fertigstellung in die Tonne."

„Ja."

Eine ganze Weile hatte Valentin kein Werkzeug angefasst. Keinen Pinsel, keinen Stift, keinen Meißel, kein Messer. Als er dann doch wieder damit anfing, weil es bisher zu seinem Leben gehört hatte wie essen und trinken, und er nur eine gewisse Zeit ohne künstlerisches Schaffen auskam, fühlte es sich falsch an.

Nichts stimmte mehr.

Die Farben, die Striche, die Formen.

Alles falsch.

Die Zeit verging, den Leuten wurde es langweilig, sich das Maul über ihn zu zerreißen, die Presse hatte längst aufgegeben und sich anderen Skandalen zugewandt, aber nichts änderte sich, nichts heilte. Das gute Gefühl beim Malen, das Gespür für Maserungen und Werkzeug kehrte nicht zurück. Vielleicht war das seine Strafe, hatte Valentin gedacht.

„Und trotzdem kommst du hier her und willst mir ein Projekt vorschlagen, damit du Leiter einer Kunstgalerie werden kannst?"

„Ja."

„Warum?"

„Ich verfüge über das notwendige Wissen, die Kontakte zur Kunstszene und ich ..."

„Nein."

„Wie? Ich habe mein Projekt doch noch gar nicht ..."

„Nein. Ich will wissen, warum du diese Galerie leiten willst. Glaubst du, du bekommst es nicht mehr auf die Reihe, etwas von Bedeutung zu malen? Oder ist dir das Geld ausgegangen? Es kursieren zahllose Gerüchte, dass dir dein Vater den Geldhahn zugedreht hat."

„Was spielt es für eine Rolle, warum ich die Galerie leiten will?",
platzte es plötzlich aus Valentin heraus. Er hob die Arme und
durchschnitt in wilden Gesten die Luft. „Ich bin das Beste, das
diesem leeren, ungenutzten und vor sich hin gammelnden Gebäude passieren kann. Ich habe heute den ganzen Vormittag davor gesessen, um mir zu überlegen, mit welchem Projekt ich Sie
überzeugen könnte. Das Gebäude ist genauso herunter gekommen wie die Gegend, in der es steht. Überall liegt Müll herum,
an den Hauswänden prangen Schmierereien, Fenster sind einge-
schlagen, jede Bank, jeder Fahrradständer, jede Laterne ist ver-
dreckt und mit Farbe besprüht. Das Gemeindezentrum hat dicht
gemacht, die kirchliche Landjugend und das Jugendzentrum. Sogar die Stadtteilbibliothek wurde geschlossen. Das ganze Viertel
ist im Dreck versunken. Wer will da schon leben? Keiner. Trotzdem tun es mehrere tausend Menschen, die sich nichts anderes
leisten können. Es ist nicht nur die Galerie, die wieder zum Leben erweckt werden muss. Es ist das komplette Viertel. Und das
schafft man nicht nur mit einem einzigen Projekt. Das erfordert
Ausdauer, harte Arbeit und ein hervorragendes Netzwerk an
Helfern, Spendern und Sponsoren. Das alles kann ich leisten und
ich werde jede freie Minute dafür aufbringen. Aber damit ich
mit meiner Arbeit anfangen kann, müssen Sie Herrn von Walden davon überzeugen, mir die Stelle zu geben."
Vignon nickte langsam. „Dann wollen wir uns mit Herrn von
Walden unterhalten."

Während der Fahrt in die Katharinenstraße hatte Valentin stur
aus dem Fenster gestarrt, um seine Nervosität zu verbergen. Jetzt
standen sie vor der Wohnungstür des berüchtigten Herrn von
Walden und Valentin hielt die Spannung kaum mehr aus.

„Warte hier", wies Vignon ihn an und betrat die Wohnung. Er schloss die Tür dabei nicht hinter sich, sondern ließ sie einen Spalt breit geöffnet.

Und was nun? Würde Vignon tatsächlich ein gutes Wort für ihn einlegen? Valentin biss sich auf die Unterlippe. Vielleicht sollte er lieber nach unten gehen und nachsehen, ob Niklas da war. Aber dann, was sollte er ihm sagen? Dass er Mist gebaut hatte, aber sich möglicherweise gerade ein Ausweg bot? Nein. Er musste erst auf das Ergebnis dieses Gespräches warten, um zu sehen, ob er Niklas überhaupt noch unter die Augen treten konnten.

„Kilian."

Nicht gerade eine überschwängliche Begrüßung. Kein „Hallo" oder „Guten Tag" oder „Wie geht's?"

„Ich habe mir gerade einen neuen Anwärter auf die Stelle in der Galerie angehört. Er wollte unbedingt einen Termin bei mir und hat sich nicht davon abbringen lassen", hörte Valentin Vignons ruhige Stimme durch den Spalt sickern.

Valentin lauschte angestrengt. Kein Knarren des alten Sofas oder das Rutschen eines der Holzstühle über die Dielen. Vignon musste stehen. Seltsam. Warum nahm er nicht Platz? Er kannte Herr von Walden doch schon länger, durch … was hatte Frau Thaler gesagt? Seinen Bruder? Dieser Herr von Walden musste ein unangenehmer Gesprächspartner sein. Herrisch wahrscheinlich. Kein Wunder, dass Vignon sich da nicht setzte.

„Scheint ein schlauer Kopf zu sein und wäre mit Herzblut dabei. Der will nicht nur das Geld, der will das Viertel auf Vordermann bringen. Der wäre es wert, dass du es mit ihm versuchst."

Ein riesiger Stein fiel Valentin vom Herzen. Er atmete tief ein und bemerkte erst jetzt, dass er die Luft angehalten hatte. Also hatte er doch ein gutes Wort für ihn eingelegt. Valentin ballte die Hände zu Fäusten und schickte einige stille Stoßgebete gen Himmel.

„Siehst du, Kilian? Ich habe dir gesagt, dass der Junge nützlich ist. Ich weiß ja, dass du Bedenken hast. Und die sind auch gerechtfertigt. Aber jeder hat eine zweite Chance verdient, finde ich. Also, was ..."

Frau Thaler. Valentin wurde bleich, sein Mund trocken. Die Köchin hatte den Adeligen also bereits vorgewarnt. Wie viel Wert würde von Walden jetzt noch auf die Empfehlung des Künstlers geben? Hatte er überhaupt zugehört, was Vignon sagte? Oder hatte seine Meinung ohnehin schon die ganze Zeit festgestanden?

Schritte näherten sich der Tür und Valentin trat hastig zurück damit es nicht danach aussah, als hätte er gelauscht. Aber zu seiner Überraschung kam Frau Thaler heraus und schloss die Tür hinter sich. Sie warf ihm einen ernsten Blick zu. „Er wird dir eine Chance geben. Aber höre gut zu, denn er hat Bedingungen genannt. Erstens musst du dich hier und heute bei ihm offiziell für dein Benehmen im Hause deines Vaters entschuldigen. Und wenn dir etwas an dieser Stelle liegt, sollte es dir mit dieser Entschuldigung ernst sein."

„Natürlich." Valentin nickte und versuchte dabei zu verarbeiten, dass er tatsächlich eine Chance erhielt. Er würde dem Herzog schon beweisen, dass er für diese Stelle genau der Richtige war. Ja. Er würde es ihm beweisen und mit dieser Arbeit Geld verdienen, für Niklas und sich selbst.

An Frau Thalers Mimik änderte sich nichts. Ihr Blick blieb weiterhin ernst. „Zweitens: du musst ihm für seine Arbeit zu jeder Tag und Nachtzeit zur Verfügung stehen. Es wird keine geregelten Arbeitszeiten für dich geben, außerdem keine freien Feiertage oder Wochenenden. Wann immer es Arbeit gibt, wird gearbeitet. Kein Nachtzuschlag oder Wochenendzuschuss bei der Bezahlung."

Wieder nickte Valentin stumm. Wartete.

Wenn er Frau Thaler richtig einschätzte, hob sie sich den größten Hammer für den Schluss auf. Valentin bemühte sich, sich gedanklich dafür zu wappnen. Sich irgendwie darauf vorzubereiten auf das, was jetzt kommen würde.

„Drittens: den ersten Monat wird er als Praktikum deinerseits betrachten. Das bedeutet, keine Bezahlung."

Verdammt.

Valentin wollte schon den Mund öffnen, wollte widersprechen, aber stattdessen schluckte er all die Widerworte hinunter und nickte mühsam. Den einen Monat würden sie schon überbrücken. Er wusste zwar noch nicht wie, aber auch dafür würde er eine Lösung finden. Eines nach dem anderen. Solange er nur mit Niklas …

„Und viertens: du wirst bei ihm wohnen im Obergeschoss wohnen. Er will nicht, dass du dir weiterhin die Wohnung mit Niklas teilst. Du wirst jeden Kontakt zu ihm abbrechen. Du hast den Nachmittag über Zeit, deine Sachen zu packen und zu ihm nach oben zu bringen." Frau Thaler legte ihm eine kleine Hand auf die Schulter. „Es tut mir Leid, aber davon ließ er sich nicht abbringen. Denke einen Moment darüber nach. Aber nicht allzu lange, bevor Herr von Walden es sich noch anders überlegt. Ich bin unten in meiner Wohnung, falls du mich brauchst." Und damit setzte sie sich in Bewegung und stieg die Stufen ins Erdgeschoss hinunter.

Valentin schnappte nach Luft. Er presste eine Hand gegen die Wand, stützte sich daran ab. Nein. Neinneinnein. Das konnte nicht sein. Das durfte nicht sein. Das konnte er nicht verlangen. Warum sollte er so etwas verlangen? Warum sollte er so grausam sein? Wieso sollte er … Valentin schloss die Augen und atmete tief durch. Beruhigen. Er musste sich beruhigen.

Einige Atemzüge später richtete er sich auf und öffnete die Augen. Dann betrat er ohne anzuklopfen die Wohnung. Maurice Vignon stand bei einem Fenster, mit dem Rücken gegen die Wand gelehnt. Herr von Walden saß in einem roten Sessel, der zum Kamin gedreht war. Valentin bekam kaum mehr als einen schwarzen, polierten Lederschuh und ein Stück Ellenbogen in einem schwarzen Leinenhemd zu sehen.

Langsam trat Valentin näher, blieb aber in gebührendem Abstand mitten in der Wohnung stehen. „Herr von Walden, ich möchte mich bei Ihnen für mein Verhalten entschuldigen. Es war weder angebracht, noch gerechtfertigt, sondern dumm, arrogant und verletzend." Valentin wartete kurz, aber sein Gesprächspartner schien sich nicht an dem Gespräch beteiligen zu wollen. „Ich bin sehr dankbar dafür, dass Sie mir eine Chance geben möchten. Sie werden es nicht bereuen, das verspreche ich Ihnen. Ihre Bedingungen werde ich respektieren – alle, bis auf eine."

Er spürte Vignons Blick auf sich ruhen, konnte ihn aber nur aus den Augenwinkeln sehen. Er schien aufmerksam, wach, interessiert, aber nicht gerade überrascht von seinen Worten. Wahrscheinlich musste man schon etwas absonderlich Verrücktes tun oder sagen, um diesen Mann aus dem Gleichgewicht zu bringen. „Niklas Bader ist nicht nur mein Zimmergenosse. Ich liebe ihn. Den Kontakt mit ihm abzubrechen ist für mich unmöglich. Falls Sie auf diese letzte Bedingung bestehen, muss ich Ihr großzügiges Angebot leider ablehnen."

Wieder ballte Valentin die Hände zu Fäusten. Hinter sich hörte er Schritte. Vielleicht Frau Thaler. Vielleicht auch der Taxifahrer, der unten im Wagen gewartet hatte.

Ansonsten war es still.

Verdammt still.

Wieso sagte Herr von Walden nicht endlich, was er wollte? Warum sagte er verdammt nochmal nicht entweder ja oder nein? Warum erlöste er Valentin nicht endlich von dieser Qual?

„Nun sag doch schon endlich ja", meldete sich plötzlich eine vertraute Stimme. Frau Thaler.

Valentin drehte sich um, um ihr einen dankbaren Blick zuzuwerfen – und erstarrte. Frau Thaler war tatsächlich nicht alleine gekommen. Neben ihr standen der Kunde mit der gebrochenen Nase, das junge Mädchen und … sein Vater.

Unfähig, auch nur einen klaren Gedanken zu denken, starrte Valentin sie an.

Als er sich dann wieder nach Herr von Walden umdrehte, hatte dieser sich aus seinem Sessel erhoben. Er stand vor dem prasselnden Kaminfeuer, in schlichten Jeans, aber teuren Schuhen, in schwarzem Leinenhemd und ordentlich gekämmtem Haar. Valentins Herz setzte für einige Schläge aus. Ihm wurde schwindlig, schwarze Punkte tanzten vor seinen Augen. „Niklas."

Dann, mit einem Mal, setzte sein Gehirn wieder ein. Es überschlug sich beinahe vor Schlussfolgerungen und Erkenntnissen, der bettelarme Student bei seinem Vater, dass sein Vater ihn nachts beim Einbruch erwischt hatte, die scheußliche Szene bei Alice und Jerry - alles ergab plötzlich Sinn.

Einen schmerzhaften, stechenden, messerscharfen Sinn, der ihm ins Rückgrat fuhr und die Luft zum Atmen nahm. Er sah in Niklas' Gesicht, das gar nicht Niklas' Gesicht war, sah in diese Augen, die ihm nun fremd schienen – und wandte sich ab. Er stürmte nicht aus der Wohnung oder rempelte jemandem beim Hinauslaufen an. Valentin marschierte gemessenen Schrittes, beherrscht aus der Wohnung und die Treppe hinunter, durch den Flur und zur Haustür hinaus.

Wir wollten dir nichts Böses, hatte Kilian zu ihm gesagt, draußen auf der Straße, vor dem Haus. Der Verkehr, sonst laut und lärmend, verblasste, verstummte vor seinen Augen und in seinen Ohren. Luft. Er brauchte Luft und Bewegung und musste weg. Irgendwo hin. Egal wo. Hauptsache weit, weit weg. Die Ampel rot, beinahe hätte Valentin sie übersehen. Stehen bleiben. Warten. Er fuhr sich nervös mit der Hand durchs Haar. Vorbei. Alles vorbei.

Ich wollte dir nichts Böses, hatte Kilian hinzugefügt und mit seiner Hand Valentins Schulter berührt. Zögerlich und vorsichtig, als wisse er nicht, ob er Valentin durch die Berührung Schmerzen zufügte.

Es hatte Valentin Schmerz bereitet, aber er ließ es sich nicht anmerken. Vor diesem Mann wollte er sich keine Blöße geben. Die nächste Haltestelle, die nächste U-Bahn, bereits in Sichtweite.

Ja, er fuhr weg, soweit er mit seinen paar Cents kam, die in seinen Hosentaschen ruhten. Die Ampel schaltete um auf grün, Valentin lief los, gehetzt, immer schneller.

Es ist doch alles gut – nichts hat sich geändert. Wir können zusammen leben, zusammen arbeiten. Wir haben einen gemütlichen Kamin, Platz für Kunst und ein Leben voller Abenteuer vor uns, hatte Kilian beteuert, mit einem hoffnungsvollen, aber auch ängstlichen Licht in den Augen, mit bangendem Tonfall und einem stillen Flehen auf den Lippen.

Ich liebe dich doch, hatte Kilian schließlich geflüstert.

Ich kenne dich nicht, hatte Valentin kalt erwidert und sich der Berührung entzogen. *Ich kenne dich nicht und ich liebe dich nicht, ich will nichts mit dir teilen und wir haben auch nichts, weil es uns gar nicht gibt. Es gibt nur dich und mich. Ich liebe Niklas – und nur mit ihm will ich zusammen sein, auch mit einem leeren Kühlschrank und zu wenig Platz und einem Leben voller Steine und Hindernisse,* hatte Valentin gesagt, bevor er sich umdrehte und ging.

Valentin hatte das Gefühl, er lief und fuhr durch die gesamte Stadt. Ziellos, planlos. Denn je länger er unterwegs war, desto stärker wurde der Wunsch, wieder nach Hause zurückzukehren. An jeder Haltestelle musste er sich konzentrieren, nachdenken, welche Linie tatsächlich weiter von zu Hause weg führte. Trotzdem gelang es ihm nicht, die Stadt zu verlassen. Es war, als würde sein Unterbewusstsein ihn stets um die Wohnung als Mittelpunkt kreisen lassen.

Valentin starrte aus den vielen Fenstern auf die vielen Menschen und Gebäude und wartete; darauf, wütend zu werden; darauf, laut loszubrüllen; darauf, die Beherrschung zu verlieren und all den Zorn und all den Hass herauszuschreien. Aber je länger er fuhr, desto klarer wurde ihm, dass er weder Hass, noch Wut oder Zorn empfand. Es konnte nicht aus ihm herausbrechen, weil es schlichtweg nicht existierte. Stattdessen dieser immer stärker werdende Drang, diesen ganzen Schwachsinn hinter sich zu lassen und zu Hause anzukommen. Die Tür aufzusperren und die Wohnung zu betreten. Aufzuatmen.

Also fuhr er nach Hause.

Vielleicht, weil es zu viel Mühe und Kraft kostete, gegen diesen Wunsch anzukämpfen. Vielleicht, weil Füße und Rücken schon schmerzten. Vielleicht, weil er ohnehin gar kein Kleingeld mehr zur Verfügung hatte, das er zu Fahrscheinen hätte machen kön-nen. Vielleicht aber auch, weil er glaubte, ihn in Kilians Augen gesehen zu haben, als er leise *Ich liebe dich doch geflüstert* hat-te: Niklas.

Als er schließlich aus einem Bus stieg, an der Haltestelle unweit der Katharinenstraße, gab Valentin auf. Seine Füße trugen ihn mehr schlecht als recht zum Haus, wo er leise die Haustür auf-sperrte und schließlich die Wohnungstür. Einen Moment lang stand er in dem kleinen Flur mit den Rohren über seinem Kopf und zögerte. Aber dann schlüpfte er aus seinen Schuhen. Er duschte in der winzigen Dusche mit viel zu kaltem Wasser und legte sich dann auf Niklas' Matratze, die mittlerweile zu ihrer beider Schlaflager geworden war.

Erschöpft zog Valentin die Decke über sich, zog sie sich bis über den Kopf. Er wollte nichts mehr hören und nichts mehr sehen. Aber dann hörte er den Schlüssel im Schloss der Wohnungstür; hörte die leisen, rücksichtsvollen Schritte seines Mitbewohners; hörte, wie er zur Kommode tapste und sich entkleidete; hörte, wie er auf leisen Sohlen zur Matratze schlich.

Vorsichtig hob der Andere eine Ecke der Decke an und schlüpf-te darunter.

„Tut mir Leid, dass es so spät wurde. Aber Vignon hat mir ein Angebot gemacht ... uns, um genau zu sein." Er rutschte ganz nahe an Valentin heran und legte seinen gesunden Arm um Va-lentins Hüfte. Der Geruch des Studenten, seine Wärme, seine Nähe - das alles war so vertraut, löste ein unmittelbares Gefühl der Geborgenheit bei Valentin aus.

„Ein verkrachter Künstler und ein Student – billigere Leiter für die Galerie in Flussstadt könne er wohl kaum finden." Das amüsierte Schmunzeln in seiner Stimme war nicht zu überhören. Baders Hand wanderte wie beiläufig über Valentins Hüfte, ganz leicht und unbeschwert.

Valentin rutschte ebenfalls ein Stück näher und legte seinen Kopf auf die Schulter des Anderen.

„Wir sollen gleich morgen anfangen. Er kümmert sich dafür um die Gorillas und ihr Herrchen – die werden wir nie wieder sehen. Was wir von jetzt verdienen, kann uns niemand mehr wegnehmen. Nun ja. Außer Frau Thaler. Und die Steuerbehörde." Er drückte einen Kuss auf Valentins Stirn, „Was ...", auf seine Wange, „meinst ...", seine Lippen, „du?"

Valentin atmete tief und ruhig.

Seine Augen waren zwar geschlossen, aber sein ganzer Körper hellwach, wartete gespannt auf jede weitere Berührung, jeden neuen Kuss.

„Damit kann ich leben."

Epilog

„Und so ward es, dass die beiden Männer zusammen fanden und lebten und arbeiteten. Auch wenn sie auch bald die Wohnung im oberen Stockwerk für ihre Arbeit nutzten und hin und wieder das Badezimmer für ein gemeinsames Bad in Beschlag nahmen, so blieb doch die Mitte, das Herz ihres Lebens, die kleine Wohnung im Erdgeschoss.

Dort teilten sie sich das Matratzenlager – und wirklich, nach einiger Zeit entfernten sie die zweite Matratze aus dem kleinen Raum. Nicht jedoch, um dort eine Staffelei aufzubauen, denn eine solche stand in den oberen Räumen zur Verfügung. Nein, sie entfernten die zweite Matratze, um für ein altes Erbstück der Familie Stein Platz zu machen, das Ferdinand Stein höchst persönlich zu ihnen brachte: eine hölzerne Wiege mit hellblauem Himmel … Und wenn sie nicht gestorben sind, dann leben sie noch heute."

„Wie böse wärst du mir, wenn ich immer noch nicht schliefe?"

Alex seufzt. „Bin zu müde, um böse zu sein. Außerdem hab ich Hunger."

„Ich mach dir ein Sandwich. Kann ja eh nicht schlafen", erwidert Max und klettert aus dem Bett. Seine kalten Füße berühren den Holzboden. Schnell schnappt er sich seine Wollsocken vom Nachttisch und zieht sie über. Er beugt sich zu Alex, küsst ihn in den Nacken und geht dann zur Tür. „Erzählst du mir noch ein Märchen?"

Alex gähnt. „Hm. Mal sehen", murmelt er und zieht sich die Decke bis an den Hals. „Vielleicht."

Danksagung

Mein Dank gilt wieder zuallererst meiner Familie, die mich trotz all meiner Macken und Neurosen noch nicht in die Isar geworfen hat und sich nicht immer dazu bereit erklärt, meine Texte zu lesen, darüber zu diskutieren und mich nebenher mit Schokolade zu versorgen. Ich liebe euch.

Dieses Mal hatte ich wieder hervorragende Testleser, die sich die Mühe und Arbeit gemacht haben, den Text nach den ersten Überarbeitungen zu lesen, zu kommentieren und zu bewerten. Vielen Dank dafür! Eure Anmerkungen waren enorm hilfreich und alle von euch Testlesern gewünschten zusätzlichen Informationen und Kapitel wurden mit in die Geschichte eingeflochten. Ich hoffe, viele von euch bei meinem nächsten Projekt wieder als Versuchskaninchen begrüßen zu dürfen.

Und meinen Lesern. Ihr seid klasse! Eure lieben Kommentare auf Facebook, eure eMails und Rezensionen sind eine ganz wunderbare Motivation und Muse. Ohne euch gäbe es sicherlich nicht diesen dritten Roman – und ganz bestimmt würde ich nicht schon an den nächsten Projekten arbeiten. Danke euch allen.

„Viel Wärme und Herz."
Doro K.

„Und plötzlich war ich am Ende der Geschichte und hätte mir gewünscht, da wären noch ein paar Jahreszeiten mehr, von denen ich hätte lesen können."
Mufti vom Buche

„Irgendwo auf der Welt" von Kaja Ohlsen

Adrians Leben verläuft in wohlgeordneten Bahnen, die auf drei Pfeilern ruhen: erstens seiner Arbeit in der Pathologie, zweitens seiner Freizeitaktiviät, dem Malen, und drittens Opa Paul, mit dem er in einem großen, alten Haus wohnt. Alles hat seinen Platz und für gewöhnlich läuft alles nach seinem Willen. Dies ändert sich jedoch schlagartig, als er Felix begegnet, einem Mann ohne Erinnerungen, aber ausgeprägtem Tatendrang, der Adrian von einem kleinen Abenteuer ins nächste zieht …

LESEPROBE

Adrian betritt den Autopsieraum und schaltet das Licht ein. Für einen Moment genießt er die Ruhe und die Stille, die hier unten herrschen. Schließt die Augen, atmet durch. Die Straßen der Stadt sind zur Zeit brechend gefüllt mit Verrückten. Nun, das ist im Grunde nicht ungewöhnlich, im Gegenteil, aber zu dieser Jahreszeit genügt es ihnen nicht, einfach nur physisch anwesend zu sein. Nein, sie müssen mit alberner Kleidung auf sich aufmerksam machen. Sie glitzern und blinken. Lächeln und winken. Sie singen überall und erwarten auch noch Geld dafür. Sie verstopfen mit ihren hysterischen Masseneinkäufen sämtliche öffentliche Verkehrsmittel und Transportwege und es vergehen keine zehn Minuten, in denen einem nicht irgendein Fremder völlig unaufgeforderter und unnötiger Weise einen frohen Advent wünscht. Es ist kaum auszuhalten und gestaltet das Verlassen seines Hauses zu einer wahren Tortur.

Aber Konrads Nachricht über eine neu eingetroffene Leiche hat ihn nun doch aus seiner adventsfreien Zone gelockt.

Adrian schreitet zielstrebig zu den Kühlfächern und öffnet die Nummer 11. Er zieht die Schublade auf und mustert den Leichnam der jungen Frau aufmerksam. Mitte zwanzig, verfilztes Haar, eine kleine Narbe über der linken Augenbraue. Polizisten hatten sie zusammengerollt auf einer Parkband gefunden. Die paar Zeitungsblätter und ihre mehreren Schichten an Kleidung hatten sie nicht davor bewahrt, im Schlaf zu erfrieren.

Zufrieden nickt Adrian. Der Körper dieser nicht Identifizierten bietet eine gute Basis für unterschiedliche Testreihen, die ihm vorschweben. Konrads Einschätzung stellt sich erfreulicherweise als treffend heraus. Der Pathologe erweist sich wieder einmal als Licht im Meer der Geistlosen. Abgesehen davon, dass Konrad nicht jeden noch so nutzlosen Gedanken heraus posaunt, der ihm gerade kommt, sondern zuerst denkt und dann spricht, liegt ihm kaum etwas ferner, als ein Gespräch über das Wetter, eigene Gebrechen oder den Hautausschlag seiner Kinder anzufangen.

Ja, mit Konrad Drechsler kann Adrian nicht nur im Notfall auskommen, sondern regelmäßig zusammenarbeiten, ohne dabei den Verstand oder die Geduld zu verlieren. Leider sind Menschen wie er dünn gestreut.

Adrian schlüpft aus seiner blauen Cabanjacke und hängt sie über einen der Schreibtischstühle, zusammen mit seinem Halstuch, der Mütze und den Handschuhen. Beinahe hätte er, einer alten Gewohnheit anheim fallend, dabei ein Lied gepfiffen. Doch im letzten Moment gewinnt sein Bewusstsein die Oberhand und seine Lippen bleiben verschlossen. Er streift sich ohne jegliche musikalische Begleitung, dafür aber mit ernster Miene, Gummihandschuhe und eine Schürze über und geht auf die Seziertische zu, neben denen die Bahre für den Leichentransport steht. Als aber sein Blick auf die Bahre fällt, sieht er etwas, das er nicht erwartet hat.

Genau genommen nicht etwas, sondern jemanden.

Körper auf Seziertischen, bekleidet oder nackt, sind in einer Pathologie nun wahrlich nichts Ungewöhnliches. Dass sie noch atmen jedoch schon.

Adrian betrachtet den Mann, der in grauer Trainingshose und schwarzem T-Shirt auf einem der Tische liegt und dort döst, und kratzt sich dabei an seinem Bart. An seinem rechten Handrücken befinden sich mehrere Einstichmarken, die auf einen intravenösen Zugang hinweisen. Und auf eine eher talentfreie Krankenschwester. Seine Haut ist leicht gebräunt, sein hellbraunes Haar streng und kurz geschnitten. An seiner Schläfe heben sich fünf schwarze Fäden von der noch immer geröteten

Wunde ab, die aufgrund von Form und Größe nur einen Schluss zulässt: Eine -

„Falls du vorhast mich noch länger anzustarren, muss ich Eintritt verlangen."

Adrian zuckt kurz zusammen, als die Stimme die Stille bricht. Ein Tonfall, der sowohl die Belustigung seines Besitzers offenbart, als auch seine Gelassenheit.

„Lass dich von mir nicht von deiner Arbeit abhalten. Ich wäre dir allerdings dankbar, wenn du einen anderen Tisch verwendest", fährt der Fremde fort, wobei er die Augen weiterhin geschlossen hält. Er gähnt, legt sich seine Hände auf den flachen Bauch und verschränkt sie dort locker ineinander.

Adrian kneift die Brauen zusammen und wartet, ob der Fremde noch etwas anderes sagt. Doch dieser schweigt wieder. Also setzt Adrian seinen Weg fort und schiebt die Bahre zum Kühlfach. Geübt befördert er die Leiche zu dem Seziertisch direkt neben dem Fremden, obwohl noch drei weitere Tische zur Verfügung stünden. Während Adrian mit einem Edding dicke, schwarze Linien auf die Leiche zeichnet, was hin und wieder leise quietscht, verzieht der andere keine Miene. Er liegt einfach da, mit geschlossen Augen, und döst.

Interessant, denkt Adrian bei sich, während er ein Skalpell zückt.

eBook - Kaja Ohlsen - BoD, 2016 - 9783741296444 - 8,99€

„Humorvoll und dramatisch an den richtigen Stellen, gespickt
mit einigen überraschenden Wendungen."
Louvea

„Skuril, aber sympathisch."
Anna-Maria

„Die bezaubernde Miss Kitty" von Kaja Ohlsen

Schon viele Menschen haben das Büro meines Arbeitgebers Bal-
thasar Bernstyne Jr. betreten: arme und reiche Menschen,
schüchterne und aufgebrachte, naive und pessimistische.
Doch nie hatte der Besuch eines einzelnen Klienten solch weit-
reichende Konsequenzen für Mr. Bernstyne, seine Detektei und
damit auch für mich, wie der von Ms. Camille Thompson. Trotz
meines misstrauischen Naturells hätte ich der jungen Frau, die
mit verlegenem Blick vor mir stand, etwas Derartiges nicht zugetraut. Die Ereignisse sollten mich eines Besseren belehren …

LESEPROBE

Und so kam es, dass bereits am nächsten Tag, mitten am Nachmittag, Cornelius in dem bequemen Sessel saß, der sonst Mr.
Bernstynes Klienten vorbehalten war. Ein frisch gewaschen und
rasierter junger Bursche, kaum zwanzig Jahre alt, in einem billigen und wenig kleidsamen Anzug von der Stange, in welchem
er erstaunlich adrett aussah. Ich servierte ihm eine Tasse Kaffee,
die er dankend ablehnte.

„Welche Stellen hatten Sie bisher inne?", fragte Mr. Bernstyne und trank von seinem Kaffee, der fast zur Hälfte aus Milch bestand und mit sieben Stück Würfelzucker gesüßt war. Mir zog sich allein beim Anblick des pappsüßen Gemischs der Magen zusammen. Es ist mir unbegreiflich, wie Mr. Bernstyne bis zu einem Dutzend solcher Tassen täglich zu trinken vermag – mehr sogar noch, wenn er an einem Fall und deshalb nachts durcharbeitet.

Dass Cornelius hingegen Kaffee vollständig ablehnte, empfand ich als ebenso ungewöhnlich und auffallend. Es heißt, die Menschheit könne in zwei Sorten eingeteilt werden: Die Kaffee- und die Teetrinker. Cornelius aber ist weder das eine, noch das andere. Kaffee habe ich ihn überhaupt noch nicht trinken sehen. Und wenn der Junge Tee trinkt, dann nur erstens aus medizinischen Gründen, zweitens nur exakt die benötigte Menge und drittens mit einem Gesichtsausdruck, als zwinge man ihn, eine Tasse wuselnder Regenwürmer zu schlürfen.

Diese sollte jedoch nicht die einzige seltsame Eigenart bleiben, die ich an dem Jungen entdeckte. Die Sache mit den Hüten, zum Beispiel. Ich glaube nicht, dass ich jemals jemanden kennen gelernt habe, der derart … aber eines nach dem anderen. Damals saß er noch ohne Hut, nur mit seinen hellbraunen, ordentlich gekämmten Haaren, vor dem Schreibtisch, und dachte kurz über die Frage nach.

eBook - Kaja Ohlsen - BoD, 2017 - 9783744868723 - 6,99€